AF190106

Quentin May

JYVÄSKYLA IST AUCH NUR EINE STADT

Bibliografische Information der Deutschen Nationalbibliothek:
Die Deutsche Nationalbibliothek verzeichnet diese Publikation in der Deutschen Nationalbibliografie; detaillierte bibliografische Daten sind im Internet über http://dnb.dnb.de abrufbar.

Herstellung und Verlag: BoD – Books on Demand, Norderstedt

ISBN: 978-3-7448-1333-4

Das Leben ist wie ein Buch,
und wer nicht reist, liest nur ein wenig davon!
Aurelius Augustinus (354 – 430)

Nur Reisen ist Leben,
wie umgekehrt das Leben Reisen ist.
Jean Paul (1763 - 1825)

Vom Unterwegssein

Wandertag

Als ich im Frühjahr eines morgens die Rolläden unserer Wohnzimmerfenster hochziehe, ist er plötzlich da. Schon wieder ein Jahr vorbei? Ist der Winter Geschichte? So muss es sein. Denn dort steht er, der als Kontrollpunkt verkleidete Bierwagen. Kein Zweifel, heute ist der erste Wandertag der Saison, ganz früh im März.

Nach einem ersten Kaffee als schnellem Frühstück schaue ich mir das an. Ich tarne meine Inspektionsrunde mit einem Gang zum Bäcker. Das gibt mir die Gelegenheit, auf dem Rückweg meine Eindrücke vom Hinweg nochmals zu vertiefen. Ist alles so wie in den Vorjahren? Oh ja, Wanderer scheinen Traditionalisten zu sein. Zumindest diejenigen, die über Nacht die Infrastruktur für die Veranstaltung installiert haben.

Es ist gerade mal kurz nach Acht, aber alles ist komplett. Dort, wo der Wanderweg die wenig befahrene Straße unserer Siedlung kreuzt, hängen orangefarbene Warnschilder. Die Autofahrer lesen „ACHTUNG WANDERER!" Das ist durchaus sinnvoll. Der eine oder andere Fahrer könnte bei höherer als erlaubter Geschwindigkeit doch schon mal eine Wandergruppe hinter der Kurve übersehen und sie sich dann ungewollt auf die Motorhaube laden.

Allerdings werden tatsächlich auch die Wanderer mit „ACHTUNG STRASSE!" gewarnt. Gibt es Highspeedwanderer die tief im Adrenalinrauschtunnel sind und die Straße übersehen würden?

Entlang des Wanderwegs ist fast jede Laterne, jeder Pfosten, jeder Baum und Strauch mit Klebeband markiert, ebenfalls in orange. Je nach Durchmesser des umklebten Objektes liest man dort NDERWE oder WANDERW oder NDE oder ANDER oder RWEG. Den kompletten Schriftzug muss man sich nach und nach zusammensuchen, weiß dann zur Belohnung aber auch immer, dass man auf dem rechten Pfad wandert.

Einer mittelalterlichen Zollstation gleich steht der Bierwagen an der Weggabelung, als ob er nie etwas anderes machen möchte. Besetzt ist er auch schon. Ich höre zwei Damen den neuesten Tratsch durchkauen. Ihr fröhliches Geschnatter würde es auch blinden Wanderern unmöglich machen, hier ohne Kontroll-stempel vorbeizukommen.

An der Ausstattung wurde nichts ausgelassen. Links vom Wagen steht der Wassernapf für Hunde, überhöht von einem handgeschriebenen Pappplakat mit dem Text „Nur für Hunde!" und einem großen Pfeil mit der Spitze nach unten. Aha, es wird also auch mit tierischer Begleitung gewandert. Diese subtilen Hin-weisschilder habe ich nie ganz verstanden. Die aller-meisten Hunde können kaum lesen und wer, außer Vierbeinern, würde sich für ein 0,6 Liter-Wassergefäß auf Bodenhöhe interessieren? Besteht Gefahr, dass de-hydrierte Wanderer den campergroßen Bierwagen übersehen und eher ihr ausgedörrtes Antlitz in den Wassernapf für Hunde versenken?

Sowohl an der Rückseite des Wagens als auch an der Theke selbst sind große „Kontrollpunkt"-Schilder angebracht. Daran kann niemand vorbeiwandern, so konzentriert man auch unterwegs ist. Wäre auch schade, denn die Damen im Bierwagen locken nicht nur mit dem begehrten Stempel für den Wanderpass, sondern auch mit angemessenen und umfangreichen Verpflegungsmöglichkeiten.

Die ausgehängten Preislisten bieten die gesamte mobile Getränkebandbreite an, inklusive der obligatorischen Säfte (A und O), Pils, Kaffee (nein, keine Latte macchiato-Plörre, einfach nur Kaffee), Tee (verschweigend, ob im Beutel oder lose und ob schwarz, grün oder sonstwas), Cola, Fanta, Sprite, Weizenjunge, Pikkolöchen. Da fehlt nichts aus dem Schützenfestangebot.

Auf der Theke sieht man unter durchsichtigen Hauben, die an Mond-Kolonien aus wissenschaftlichen Schwarzweiß-Fernsehreportagen der späten 60er erinnern, die Klassiker, die aufs Verspeisen warten: Mettbrötchen, Käsebrötchen, Salamibrötchen, Frikadellen. Es gruselt einen ein wenig, wenn man an den Nachmittag denkt. Es hat keine 15 Grad minus mehr und bei hautwarmer Temperatur welken diverse Lebensmittel ohne Kühlung irgendwann mal vor sich hin.

Vielleicht bin ich zu schnell vorbeigegangen und wollte nicht zu auffällig in den Wagen starren, aber ich vermute im diffusen Halbdunkel des unbeleuchteten Wagens auf der Theke die selbstgemachten Kartoffel- und Nudelsalate gesehen zu haben, ohne die im Ruhrgebiet kein geselliges Zusammensein möglich ist.

Auf meinem weiteren Weg bin ich vollends auf die Wanderroute geraten. Kein Zweifel möglich, die Hinweisklebebänder verraten es mir. Scheinbar läuft der durchschnittliche Wettwanderer Gefahr, sich auf einer lotgeraden Strecke ohne Abzweigmöglichkeiten zu verlaufen. Oder warum leuchtet an jedem Strauch, Baum und anderen senkrecht in die Höhe ragenden Gegenständen das liebgewonnene Band? Wenn das Orange flaureszieren würde, dann könnte man im Dunkeln vom Hubschrauber aus mit einer UV-Brille sehen, wie sich eine Perlenkette an Hinweiskringeln um und durch Stadt und Land zieht. Faszinierend, irgendwie.

Auf dem Rückweg, zurück auf dem Racetrack, sehe ich sie dann. Manche sind früh gestartet, wollen wohl den größten Teil der Strecke absolviert haben, bevor die mörderische Frühlingssonne einsetzt. Denn schon lehnen die ersten Wanderer ihre Ellbogen auf die Theke des Bierwagens. Vor sich, bereits halb ausgetrunken, die gezapften Pilsgläser. Wenn ich an Verpflegungspunkte bei meinen Marathonläufen denke, dann waren dort ehrenamtliche Helfer, die emsig und hektisch stundenlang Bananenstücke, Mineralwasserplastikbecher und ab Kilometer 30 winzige 0,1l-Coladosen an die ausgelaugten Läufer reichten. Zeit hatten wir nie und ich hatte Mühe, ein Wort des tiefempfundenen Dankes aus meinem gequälten Körper herauszupressen. Und hier? Smalltalk ohne Ende. Man kennt sich und man sieht sich heute mal draußen.

„Machse noch eins?"

„Ja sicha. Und sonns?"

„Allet klar. Aber weisse, neulich hat der…"

Ab hier wird der Dialog austauschbar. Ich wende lieber meinen Blick den Wanderern zu, die jetzt aus unterschiedlichen Richtungen dem Kontrollpunkt entgegenstreben. Extrem nervend sind die dürren und gut trainierten Seniorinnen, die mit ihren keifenden Stimmen nicht nur die Umgebung, sondern scheinbar auch seit Jahrzehnten ihre Lebenspartner um den Verstand bringen. Erkennbar an der stummen Es-hat-ja-alles-keinen-Sinn-Miene ihrer männlichen Begleitungen. Die Damen sind leider so fit, dass man ihnen nicht davonwandern kann. Sorry guys, von mir könnt ihr keine Hilfe erwarten.

Ich bin kein Freund von Klischees, aber es hilft nichts. Kein Klischee entsteht aus reinem Selbstzweck. Hier herrscht immer noch König „Beige der Ewige". Das Grauen hat oft unterschiedliche Namen, aber immer eine Farbe, nämlich grau-beige. Doch in diesem Jahr wird die übliche Grau-Diktatur durchbrochen. Man sieht diverse Partnerlook-Paare in bicolor-Jacken gekleidet. Auf den Schultern dunkelblau, bis zu den Knien dann knallrot oder auch in schwarz/blau. Immer paarweise. Hat das Gemeckere der Geschmacksmissionare dieses Landes am Ende vielleicht doch etwas bewirkt?

Was besser ist? Keine Ahnung. Eigentlich ist es angenehm, wenn man den Gegner an seinen Codes erkennt. Aber einerseits sind Wanderer keine Gegner und andererseits ist beige keine Farbe und erst recht kein Code.

Es sieht so aus, dass alle Beteiligten ihren Spaß haben. Wandern von hier nach da oder von dort nach hier.

Und alle Wege kreuzen sich am Kontrollpunkt vor unserem Fenster. Ich bin zurück in unserer Wohnung, frische Brötchen und Croissants in der Tasche, sowie eine Samstagszeitung.

Ich bin bereit, mir das grau-bunte Treiben anzusehen. Mir kommt Jochen Distelmeyer in den Sinn, der das melancholische Leben-Beobachten zur hohen Kunst entwickelt hat. Die Wanderer ziehen an mir vorbei, sie sehen mich hinter meinem Wohnzimmerfenster kaum. Ich habe meine Blumfeld-LPs herausgekramt und freue mich meines Daseins. Wandert Ihr mal, habt Spaß. Das kann nicht das Schlechteste sein.

Bloß nicht auf Asche. Oder: Warum lese ich die Bücher von Oliver Uschmann?

Die Beantwortung dieser Frage erschien anfangs fast unmöglich und eher impulsiver Natur zu sein, aber schließlich zeigte sich ein roter Faden, der von einem heutigen Ereignis durch meine persönliche Geschichte bis zu einem völlig anderen Ereignis zurückläuft. Darf ich kurz damit angeben, dass die britische Marine ihre Taue mit einem unzerstörbaren roten Faden ausgestattet hatte, um sie vor Diebstahl zu schützen? War zumindest in dem Sinne erfolgreich, dass wir den roten Faden bis heute als Grundmotiv kennen, durchaus aber auch aus älteren Quellen, die bis nach China und ins Alte Testament reichen. Ob die britische Marine dadurch weniger Tauwerk verloren hatte, weiß ich allerdings auch nicht.

Auf Oliver Uschmann wurde ich durch einen gemeinsamen Bekannten, Alex Amsterdam, aufmerksam, der an dieser Stelle auf dem Weg durch die Zeit zurück die Rolle mit dem roten Faden aufnimmt. Er ist einer meiner Lieblingsmusiker und ich habe auf seinem „Stillness of a moment"-Album bei einem Song Cello gespielt. Es gab einige Auftrittsankündigungen von ihm und Uschmann zusammen, bei denen Alex besagten Autoren aufgeführt und als genial beschrieben hatte. Lange Zeit fand ich diesen Namen aber nicht weiter beachtenswert. Er war einfach da und damit hatte es sich. Dann allerdings fiel mir eines Tages bei der Auswahl meiner damaligen Urlaubslektüre Uschmanns Buch „Murp! Hartmut und ich verzetteln sich." in die Hand und es war um mich geschehen. Das Buch ist ein Hit, ich habe mittlerweile fast alle anderen seiner Bücher gekauft und mit annähernder Höchstgeschwindigkeit gelesen.

Alex Amsterdam, die Rolle mit dem roten Faden in der Hand, bestritt vor einigen Jahren das Vorprogramm für Erdmöbel im FZW, Dortmund. Und sein Auftritt war für mich the-best-Vorband-ever. Noch besser als Vega 4, denen zuliebe ich vor Jahren die Hauptacts Nickelback und Reamonn ertragen hatte. Ist aber eine total andere Geschichte. Alex gibt den roten Faden an dieser Stelle an Erdmöbel weiter, die ihn in Richtung Vergangenheit abrollen. Erdmöbel spielten kurz vorher in einem Sommer, der seinem Namen nur sehr mühsam gerecht werden wollte, in Bochum auf dem Boulevard bei einem Festival, umsonst und draußen. Die Band war mir vorher schon mehrfach aufgefallen, so dass ich endlich wissen wollte, was da auf der Bühne veranstaltet wird. Das Konzert war klasse und machte Lust auf mehr. Das „Mehr" bot sich dann schon bald in Form des besagten Konzerts im FZW an. Erdmöbel ist an dieser Stelle dafür zu danken, dass sie den roten Faden nach Bochum und somit auch wieder zurück gebracht haben. Ihr Auftritt ist hier zu Ende und sie geben ihn mit einem kurzen Schritt in die Vergangenheit an Alex zurück. Meine Herren, wir sehen uns an späterer Stelle nochmals wieder.

Wie ich bei Alex Amsterdams Auftritt so im Publikum stand, ein Bier in der Hand und eins schon im Körper, schlich auf leisen Sohlen der Gedanke „Dazu würde Cello prima passen." durch mein Hirn.

Eigentlich hatte ich mein Cello im Alter von 19 Jahren in die Ecke gestellt. Damals spielte ich im örtlichen Jugendsymphonieorchester, merkte aber irgendwann, wo meine Grenze war. Das war Ende der Achtziger und ich hatte das gute Stück danach lange Jahre nicht mehr aus seiner dunkelroten Hülle befreit.

Nach dem Konzert sprach ich Alex an: „Sag mal, findest Du nicht auch, dass zu dem einen oder anderen Deiner Lieder Cello echt klasse passen würde?" Seine Antwort war sinngemäß: „He, super Idee. Ich nehme in zwei Monaten mein neues Album auf. Wenn Du Lust hast, schicke ich Dir ein paar Songs und Du schreibst eine Cellostimme dazu. Wär' total super, oder?" Ein Rückzug war ab jetzt nicht mehr möglich, schließlich verließ er sich auf mich.

Wir trafen uns an einem Samstag Nachmittag bei mir zu Hause, um die Cellostimme zu zwei Songs auszuarbeiten. Einige Tage später fuhr ich zu seinem Studio in Düsseldorf, spielte meine Cellospur zu dem Song ein, auf den wir uns geeinigt hatten und war mächtig stolz, dass ich aus dieser Geschichte mit erhobenem Kopf und einer CD, auf der auch mein Name steht, hervorgegangen bin.

Das Knäuel mit dem roten Faden nehme ich in meiner Cellotasche gleich mit und ribbele eine Menge davon ab. Denn jetzt geht es quer durch die Achtziger zurück in das Jahr 1980. Aus der einstmals stattlichen Rolle, die man einem Medizinball gleich nur mit zwei Händen fassen konnte, ist ein kleines, handliches Garnhäufchen geworden. Die Welt hat zwischen 1980 und heute Tiefgreifendes erlebt, keine Frage. Aber um die Welt geht es in dieser Geschichte nicht. Im Jahr 1980 wurde eine für mich entscheidende Frage gestellt: Warum Cello?

Mein damaliger Musiklehrer aus dem Blockflötenkurs war am Ende des Kurses der Meinung, dass ich mich „für das Cello eignen würde". Keine Ahnung, was er da genau gesehen hat. Jedenfalls schleppte ich plötzlich diesen großen, unhandlichen Holzkasten durch meine Jugend. Er hatte ja irgendwie Recht gehabt, denn ein gewisses Maß an Talent war nicht von der Hand zu weisen. Die gestellten Aufgaben im Unterricht löste ich mit so wenig Übungsaufwand wie möglich. Minimalprinzip, Sie verstehen. Alles andere, Orchester und so; siehe oben.

Besagter Musiklehrer nimmt jetzt das kleine Garnhäufchen zurück durch die Jahre im Blockflötenkurs mit und rollt die letzten Zentimeter davon ab bis zu dem Punkt, an dem ich anfing, mich mit der Blockflöte abzuplagen. Das war so ungefähr 1977. Wenn man sich an dieser Stelle auf die Zehenspitzen stellt, kann man am Zeithorizont in weiter Ferne das Jahr 2011 erahnen. Das Jahr, in dem mir Oliver Uschmanns Werke zum ersten Mal auffallen sollten.

Der sehr lange rote Faden dieser Geschichte liegt jetzt ausgerollt vor mir. Hier ist der Anfang und andere rote Faden-Anfänge liegen ebenfalls bereit. Alle verlieren sich im diffusen Nebel der Zukunft. Im Film „Das Leben des Brian" heißt es: „Jeder nur ein Kreuz". Genauso gilt an dieser Stelle: Von allen Fäden darfst Du nur einen einzigen nehmen. Genau das habe ich getan und es war der Faden mit der Musik. Warum

20

den und nicht den Fußballfaden, wie es viele meiner Grundschulkollegen taten? Ganz einfach: Der Fußballverein neben meiner Grundschule war der FC Neuruhrort und der spielte 1977 ausschließlich auf Asche. Fußball war für mich damals als Kind große Klasse, aber auf Asche? Nein, geht nicht. Mach ich nicht, feige. Daher war damals bei der Frage meiner Eltern, was ich denn gerne in meiner Freizeit machen würde, meine Antwort: „Musik täte mich schon interessieren." Und kurz darauf bliesen ich und einige Mitschüler unter Lehreraufsicht in unsere neu gekauften Moeck-Blockflöten, während eine ganze Bande wilder Jungs auf dem Ascheplatz des FCN dem runden Leder hinterherstürmte.

Eine revolutionäre These, um die Geschichte abzurunden? Gerne, bitte sehr: Hätte der FC Neuruhrort 1977 einen Rasenplatz gehabt, würde ich heute wohl nicht Oliver Uschmanns Bücher lesen, weil ich einen komplett anderen Faden in die Hand genommen hätte. Gewagt, kaum belegbar? Sicher, aber mir gefällt's.

Fragen Sie sich ruhig selbst einmal, warum Sie dieses oder jenes so sehr lieben oder verehren. Verfolgen Sie die Geschichte zurück und Sie werden viele Abzweigungen wiederentdecken, an denen Sie sich für genau diesen Weg entschieden hatten. Das ist Ihr Leben und Sie dürfen stolz drauf sein!

In vollen Zügen

Das Leben in vollen Zügen genießen. Ja, das sagt sich leicht. Anders sieht es aus, wenn man mitten drin sitzt und vor allem, wenn man nicht damit gerechnet hat. Dass er voll ist, der Zug.

Sonst ist er es eher selten um die späte Zeit, wie es an jenem Abend der Regionalexpress zwischen Essen und Düsseldorf war. Und wenn man noch eine große Sporttasche dabei hat, dann springt man über seinen müden Schatten und setzt sich doch auf einen Platz neben einem Platz, auf dem schon einer sitzt. Gegen noch eine halbe Stunde Stehen erscheint einem die enge Nachbarschaft als das kleinere Übel.

In meinem Fall hatte ich Glück gehabt. Mein Sitznachbar war in sein Notebook vertieft, auf dem er sich irgendwelche Filmschnipselchen ansah. Immer wieder unterbrochen von einem bildschirmausfüllenden Gesicht, dessen Inhaber sich mit leicht arrogantem Blick dabei filmen ließ, wie er auf seinem Smartphone dieses und jenes aufmerksam betrachtete und kommentierte und wieder betrachtete und überrascht dreinschaute und dann auch wieder arrogant.

Und vielleicht wäre das ganze mit Ton sogar interessant gewesen. Trotzdem hatte mein Sitznachbar dankenswerterweise Ohrhörer (sagt man nicht auch In-Ear-Headphones? Im Grunde ein schwachsinniger Begriff.) in Betrieb und konnte sich so exklusiv ein Bild inklusive Ton davon machen, was dort so wahnsinnig hip war.

Das gab mir die Gelegenheit, den vier jungen Referendaren zuhören zu müssen, die sich in der Sitzgruppe neben uns über ihren ach so schwierigen Referendarsalltag austauschten. Einer davon nutzte die Zeit, um laminierte DIN A4-Blätter, auf denen in schöner Ordnung farbige Kreise gedruckt waren, mit Hilfe eines Filzstifts mit Ziffern zu versehen.

Ich dachte darüber nach, ob es nicht irgendwie clever gewesen wäre, die Ziffern schon vor dem Laminieren mitzudrucken? Es soll ja Computerprogramme geben, mit denen das auch für angehende Lehrer ohne fremde Hilfe möglich ist. Kurz darauf fiel mir ein, wie hart die Lehrer früher mit uns ins Gericht gegangen waren, wenn sie sahen, dass wir die Hausaufgaben wieder mal im Bus zur Schule morgens voneinander abgepinnt hatten.

Recht hatten sie ja. Sah zum einen irgendwie übel aus, zum anderen war der Lerneffekt gering. Außer, dass man lernte, sich mit den wenigen Mitschülern gutzustellen, die ihre Hausaufgaben immer zu Hause gemacht hatten. Management by delegation? Das kam dem damals schon nahe, ohne dass wir wussten, dass es so etwas später tatsächlich mal geben könnte.

Und jetzt sah ich, dass angehende Lehrer ihre Unterrichtsvorbereitungen auch im ruckeligen Zug vornahmen. Kinder, Kinder, wenn wir damals gewusst hätten, wie liebevoll in letzter Minute für uns die Unterlagen zusammengemurkst wurden! So relativiert sich vieles im Laufe der Jahre. Im Nachhinein noch eins: Wir hatten damals also wirklich zu Recht keine Angst vor diesen Typen, die ein wenig den Eindruck vermittelten, als würden sie gerne mal an die Hand genommen und durchs echte Leben geleitet werden. Aber nein, es musste ja die Schullaufbahn sein.

Es überraschte mich dann auch nicht mehr, dass in Mülheim das Zugpersonal wechselte und der neue Sprecher alle Ansagen in lupenreinem Sächsisch zum Besten gab. Eine Schmunzel-La Ola schwappte jedes Mal durch den Wagen, ausgenommen vom Felsen der Referendare, auf dem unsere vier wackeren Junglehrer die Probleme ihrer kleinen Bald-Lehrer-Welt austauschten. Irgendwie war ich glücklich, dass alles mitbekommen zu haben. Im Auto war es nie so unterhaltsam. Also genießt es, das Leben. Denn in vollen Zügen gibt es mehr davon als in leeren.

Von Trier nach Koblenz und nicht zurück

Nach verhaltener Fahrt durch wellige aber öde Landwirtschaftsebenen erreicht mein Zug von Trier kommend endlich das Moseltal. Kleine Winzerdörfer auf beiden Flussseiten und die Theodor Heuss, ein schon in die Jahre gekommener Ausflugsdampfer, schraubt behäbig ihren Kurs flussaufwärts in das stille Gewässer. Der Fluss möchte jetzt kein Fluss sein, lieber will er wie ein sehr langer, vielfach gewundener Stausee seine Ruhe haben. Er zwingt alle Wellen, ihren Willen einen Moment lang zu unterdrücken. Und vielleicht noch etwas länger. Es ist ein früher Herbstabend. Ein Zeitpunkt, an dem man als nicht zu auffälliger Fluss in diesem Land so oder so Punkte machen kann.

Ein Jogger müht sich, sein Trainingspensum auf dem Asphaltweg am Flussufer zu bewältigen, von der Eisenbahntrasse über ihm nur durch einen bescheidenen Weinberg getrennt. Und dann, das Auge hat sich kaum nach den abgeernteten Weizen- und Roggenfeldhügeln mit Waldrand an die erfrischende Weite des Flusstals gewöhnt, folgt wie eine unangekündigte Sonnenfinsternis der Kaiser-Wilhelm-Tunnel, immerhin längster Eisenbahntunnel Deutschlands. Dieser düstere Lindwurm durch den Rheinland-Pfalz-Fels sperrt die Mosel plötzlich auf brutale Weise vom Blick des Reisenden weg. Aber Rettung naht! Nach zäh verträpfelnden Eisenbahnsekunden taucht von rechts wieder der Fluss auf, still vor sich hin moselnd.

Bullay, noch ein Winzerdorf, diesmal mit Etiketten-fabrik. Sinnvoll, denn wenn alle Wein produzieren, müssen von irgendwo die Etiketten für die Flaschen herkommen, oder?

Am Bahnsteig ein älterer Mann, rauchend und mit Fu Manchu-Bart, seine Frau im entfernten Schlepptau. Sie folgt ihm ohne Widerworte, der Abstand unter-schreitet nicht 250 cm. Der ältere Mann geht nicht einfach, er marschiert. Seine Bewegungen ähneln dem NVA-Stechschritt, aber dann winkelt er bei jedem Schritt das Bein weich nach unten ab und karikiert so alles Militärische. Werden wir so, wenn wir alt sind? Fieser Bart, Zigaretten, unsere Frauen nur noch ein Beiboot hinter uns? Bin ich schon so, wenn ich andere Leute beobachte und mir seltsame Gedanken mache? Gibt es ein Entrinnen? Ich glaube, wir müssen alle ständig an uns arbeiten.

Dann die Erlösung von solchen Gedanken. Die Land-schaft schlägt uns fröhlich und lachend ihre Pfunde ins Gesicht: „Schaut mal, was ich für Euch habe: Flusstal, Tunnel, Winzerdorf, Tunnel, Winzerdorf, Flusstal, Winzerdorf, Winzerdorf usw." Hört das auch nochmal auf? Ich bin sehr sehr... beeindruckt! Ehrlich! Es geht voran. Denn jetzt kommt Cochem (Mosel). Gibt es eigentlich eine Grenze zwischen den Begriffen „Stadt" und „Dorf"? Denn das große Dorf Cochem drängelt sich in die Stadt-Phalanx, ohne die Dorf-Größe überzeugend hinter sich zu lassen. Es würde gerne Stadtcharakter vermitteln, wirkt aber auf den ersten Blick wie ein Dorf unter Dörfern, gar nicht mal viel größer als seine Nachbarn flussaufwärts, flussabwärts.

Die Mosel mäandriert jetzt nicht mehr so unentschlossen wie ein im Fieberwahn Schlafender wild nach links und rechts, sondern schlängelt sich wie im Riesenslalom die flache Ebene nach Koblenz hinunter. Abfahrt wäre übertrieben, auf dem Gefälle würde noch nicht einmal ein Matchbox-Auto von alleine Fahrt aufnehmen.

Nach der ganzen unregelmäßigen Fluss-Dorf-Fluss-Dorf-Tunnel-Dorf-Dorf-Wechselei hat sich jetzt eine feste Ordnung gefunden. Von rechts nach links in Fahrtrichtung: Bewaldete Hügel, der Fluss, die Bundesstrasse, ein wenig Ebene und so viel wie möglich davon mit Weinstöcken besetzt, die Bahnstrecke, bewaldete Hügel und Feierabend. Wie auf einer flachen, langsamen Rutsche fließen Zug und Fluss Koblenz entgegen, beide träge einer Ahnung von Schwerkraft folgend. Die Mosel vermittelt dabei den Eindruck, als müsse sie das eigentlich nicht unbedingt machen, sähe sich das Schauspiel aber erst mal in Ruhe an. Der Zug vertraut dagegen seiner Motorkraft, damit seine Insassen das hier hinter sich lassen können. Schwerkraftrebellen sind scheinbar nur die Autos, die dorthin zurückfahren, wo wir gerade herkommen. Wir im Zug sind nur auf der Durchreise und werden in dem umgedrehten Trichter in Koblenz am Ende des Moselschlauchs in alle Richtungen verschüttet.

Ein wenig deplaziert auf der Mosel wirken die Frachtschiffe und die fast 100m langen Schubverbände, die hin und wieder das Auge des Betrachters aufschrecken. Viele sind es nicht, deswegen schaut man sich jeden einzelnen umso genauer an.

Auf dem Rhein herrscht dagegen ein Gefühl des Gedränges und der Maßstabstreue. Er ist ein Strom, auf dem sich auch schon mal drei Frachtschiffe gleichzeitig begegnen und überholen können, ohne dass es gleich eng wird. Hier auf der Mosel wirkt ein einziger Schubverband schon irgendwie hinein gephotoshopt, aber von Laienhand. Motorboote, Segeljachten okay, aber Kohlefrachter, so lang wie eine Sportplatzgerade? Gar nicht okay. Nur gut, dass es nicht so viele sind. Man hat den Eindruck, dass die Mosel sie zwar duldet, aber nicht fürchterlich glücklich dabei ist.

Wer kam eigentlich auf die Idee, in Oberfell einen Fußballplatz direkt an den Fluss zu bauen? Ist zwar nur ein Ascheplatz, aber Asche und Fluss trennt lediglich ein harmloser, gar nicht mal hoher Zaun. Hoffentlich haben die Torhüter in der Liga, in der Oberfell spielt, bei ihren Abstößen einen straighten Zug in Richtung Gegentor. Falls nicht, oder wenn ein Feldspieler den Ball volle Kanne in Richtung Wolken und Seitenlinie klären muss, geht das Leder baden. Und das ist in dem Fall nicht symbolisch gemeint. Kommen in Koblenz eigentlich viele Fußbälle moselabwärts an? Wo schaut man denn so was nach, wenn man es wissen will? Wahrscheinlich muss jeder Oberfeller Spieler zum nächsten Training einen neuen Ball mitbringen, wenn er einen über den Zaun geballert hat. Oder alle Spieler müssen spät abends nach dem Training zu einer bestimmten Flussbiegung moselabwärts fahren, mit Käschern bewaffnet. In dieser Biegung drängt die Strömung vehement an die rechte Uferseite. Hier und nur hier kann man dann die Bälle aus dem Fluss angeln und das Vereinsbudget entlasten.

Schon ist die hohe Brücke der A61 in Sicht. Das Moseltal wird uns gleich aus seinem kleinen Universum in die große Weite des Landes entlassen. Koblenz erhebt schon fordernd seinen Großstadtzeigefinger, um auf sich aufmerksam zu machen. Bald folgt der Hauptbahnhof, in dem ICEs, ICs, RBs und noch vieles mehr darauf warten, uns aufzunehmen. Der eine oder andere nennt Koblenz seine Heimat und freut sich schon auf Küchentisch, Abendessen, Fernsehen oder Kneipe. Wir Fernreisenden freuen uns auch darauf, aber bis dahin haben wir alle noch Kilometer hinter uns zu bringen.

Das Leben ist ein langer, ruhiger Fluss? Bestimmt nicht immer, aber auf diese Momente im Moseltal trifft das zu. Danke dafür, das heutige Gefühl werde ich nicht vergessen!

An der Sonne ein Platz

Ich erkundete Dahmes Ostseestrand und Strandpromenade, den Blick nordwärts gerichtet und konnte ihn am Horizont sehen, wo er die Küstenlinie, einen grauen, nur einige Millimeter dünn scheinenden Strich zwischen Himmel und Ostsee, unterbrach. Aus 30 Kilometern filigran und zerbrechlich wirkend und dennoch angesichts der Entfernung ungefragt auf seine wahre Größe hinweisend.

Man könnte ihn von hier aus leicht übersehen, wenn man nicht ausdrücklich wüsste, wohin man zu schauen hat. Irgendwie schon ein Fremdkörper, da er das gewachsene Küstenpanorama turmhoch zu überragen scheint, aber angesichts seiner fast organisch geschwungenen Form doch vertrauensvoll dazugehörend, als sei er schon immer da gewesen. Für alle nach 1963 Geborenen ist das ja auch der Fall und die Älteren hatten bereits ein halbes Jahrhundert damit verbracht, sich an ihn zu gewöhnen.

Der große Kleiderbügel. Wie gemacht um die Jacketts der nordischen Götter vor dem Beginn der Festivitäten in Walhalla aufzunehmen, wenn sich Thor, Odin und die anderen mit weißen Hemden und schicken Krawatten in Schale werfen.

Die Fehmarnsundbrücke. Ein technisches Meisterwerk der Aufbruchszeit nach dem Kriegsende. Die Brücke selbst ist fast einen Kilometer lang, die Fahrbahn spannt sich in 23 Metern Höhe über das Wasser, der Bogen selbst erhebt sich weitere 46 Meter in den Ostseehimmel. Wer vermag angesichts dieser

Maße die Konfektionsgrößen der nordischen Götter herbeirechnen?

Beim Anblick dieses Symbols der Vogelfluglinie, der schnellen (oder zumindest schnelleren als bisher) Verbindung zwischen Norddeutschland, Dänemark und den anderen skandinavischen Ländern wandern die Gedanken von Dahme zunächst die Ostseeküste ostwärts hinab bis Rügen, wenden sich dann mangels Masse wieder Richtung Westen, streifen Dahme erneut, durchqueren später das Festland Schleswig-Holsteins und bleiben an der Nordseeküste bei Sylt hängen.

Und es ist überall das gleiche Bild. Keine der Inseln schwimmt mehr frei im umgebenden Meer. Sie werden alle drei an der ganz kurzen Leine geführt. Was war es, das uns veranlasst hat, unsere größten Inseln an die Kette zu legen?

Fehmarn? Fehmarnsundbrücke
Rügen? Strelasundbrücke
Sylt? Hindenburgdamm

Haben wir Angst, dass uns unsere Inseln sonst abhanden kommen? Still und heimlich nach Dänemark, Schweden und England auswandern, bevor es jemand merkt?

Gut, mit Alfred Wegener hatte ein Deutscher die Kontinentaldrift sozusagen erfunden. Aber unsere Inseln, und wenn auch nur die größten von ihnen, als Kontinente anzusehen, führt dann doch zu weit.

Oder ist es die Sehnsucht nach der zum Glück nur kurzen Kolonialzeit zu Beginn des vergangenen Jahrhunderts? Wenn man uns schon die ganzen exotischen Ländereien zwischen Deutsch-Süd-West, dem Bismarck Archipel und Samoa schnell wieder abgenommen hatte, sollte dies mit unseren festlandnahen Inseln unbedingt verhindert werden?

Vielleicht ist dies auch nur die große Version des klischeegestählten Schauspiels, mit dem wir deutsche Strandurlauber auf der kleinen Bühne zwischen Costa del Irgendwas und Porto Wasweißichdenn Jahr für Jahr die Welt beglücken:

Wessen Handtücher liegen morgens als erste auf den Poolliegen?
Wer baut die schönsten und stabilsten Sandburgen am Strand, die auch noch den Herbststürmen trotzen?
Und wer baut nicht nur die schönste Sandburg um seinen Strandkorb herum, sondern schmückt diese mit allerlei heimischem Schriftwerk aus Muscheln und Steinen und sei es nur Schriftzug und Logo des favorisierten Bundesliga-Fußballvereins?

Na also, dazu passt ja dann, dass wir auch unsere Inseln unmissverständlich mit unserem Festland verbinden. Aber, liebe Landsleute, habt keine Sorge. Fehmarn, Rügen und Sylt wird uns so schnell keiner streitig machen. Wir sollten uns vielmehr darüber freuen, dass so viele Mitmenschen aus aller Welt, oder zumindest aus den umliegenden Ländern, jedes Jahr zu uns kommen, um eine schöne Urlaubszeit auf unseren Inseln und an unseren Stränden zu verbringen. Niemand wird auf die Idee kommen, sie mit sich nach Hause nehmen zu wollen. Da bin ich mir ganz sicher.

Sehen wir es pragmatisch. Wenigstens bringen uns die Brücken und Dämme schnell und unproblematisch zu unseren Urlaubsdomizilen. Ein Platz an der Sonne? Den kann hier wirklich jeder finden und direkt daneben ist noch Platz für viele internationale Nachbarn. Ahoi!

-

Der Vorhof der Hölle kann auch ein Firmenmeeting sein

Das vorher jährlich stattfindende Treffen aller europäischen Finanzmitarbeiter war zuletzt mehrfach ausgefallen. Jedes Mal kam im letzten Moment etwas dazwischen: Finanzkrise, Umstrukturierung, Refinanzierung. Er war dankbar dafür und echte Gefahr für seinen Job bedeuteten die Ausfallgründe zum Glück nie. Sie gaben ihm aber jeweils ein Jahr Aufschub vor dem nächsten möglichen Termin. Doch jetzt kam die Email mit der Einladung, dem Programm und den Anreisemöglichkeiten. Es erwischte ihn unvermittelt. Ein überraschender Eimer Eiswasser über den Kopf am hochsommerlichen Mittelmeerstrand könnte auch nicht schlimmer sein. Furchtbar, schrecklich, kaum zu fassen.

Alle Kollegen freuten sich wie die Kindergartenkinder, wenn es Negerküsse gab. Sie schickten sich gegenseitig neckische Emails und Kurzmitteilungen:
„Weißt Du noch, in Knokke…"
„Ja, und als wir in Paris..."
„Genau, und als plötzlich Jürgen mit den beiden Nutten im Arm zum Frühstück…"
„Ha ha, aber das war doch nichts gegen Berlin, als Olaf…"
Er hasste das, er hasste das alles von ganzem Herzen, aber er war Teil des Systems. Irgendwie musste er seinen bescheidenen Lebensunterhalt zusammenbringen und woanders wäre es bestimmt genau so schrecklich. Oder noch schrecklicher. Hier wusste er wenigstens, was er alles fürchten musste. Trotzdem,

entkommen war praktisch unmöglich. Schon die Weihnachtsfeiern zu umgehen, war jedes Mal ein Akt.

Also fuhr er schlecht gelaunt mit einem Mietwagen nach Antwerpen, um die beiden Tage dort über sich ergehen zu lassen. Die Anreise war einfach, solange er sich auf der Autobahn befand. Doch im Gewirr der engen Gassen und sich scheinbar widersprechenden Einbahnstraßen rund um das Hotel verfranste er sich aufs Übelste. Er kam dem großen Hotelbau zwar mehrfach fast bis auf Sichtweite nahe, aber die Abzweigung in die Tiefgarage fand er erst bei seinem dritten Anlegeversuch. Zu spät eingetroffen, wie so oft. Zum Heulen, natürlich lagen so viele neugierige und spöttische Augenpaare auf ihm wie Kollegen im Konferenzraum saßen, als er abgehetzt die Tür auf-stemmte und versuchte, so schnell und unauffällig wie möglich den letzten freien Sitzplatz zu finden. Dann die Vorträge, ein grässliches belgisches Mittagessen, gefolgt von einer Stadtrallye zu Fuß und auf Fahr-rädern durch die ganze Stadt. Wieder ging es in das Gassenlabyrinth und er hatte das Gefühl, seit seiner Anreise am Morgen wären eine Menge Häuser, Mauern und Plätze von unsichtbarer Hand verschoben worden. Trotz des Stadtplans war scheinbar kaum ein Gebäude, keine Gasse und kein Platz dort, wo er sie vermutete. Seltsam, das alles. Er war mehrmals froh, wieder auf dem Marktplatz zu stehen, auch wenn er jedes Mal aus einer anderen Richtung dorthin kam als er es erwartete.

Die Tour endete abends vor einem Restaurant fernab vom Hotel. Das machten die extra, so etwas fühlte er. Erste Zweifel, ob dieser Abend weiterhin glatt für ihn verlaufen könnte, meldeten vorsichtig ihre Rechte an. Es wäre nicht der erste halbwegs überstandene Nachmittag, der in einem abendlich düsteren Fiasko des Danebenstehens und Nichtwegkönnens endete. Das belgische Essen führte den zweiten Schlag gegen sein angeschlagenes Selbstbewusstsein aus. Irgendwas musste er essen nach dem langen Nachmittag in der schmuddeligen und verwirrenden Innenstadt Antwerpens, auch wenn es wieder belgisch war oder vielmehr die belgische Interpretation von etwas scheinbar Italienischem. Zwei, drei Bier dazu und einige schlaue Kommentare nach links und rechts über Sport, Astronomie, Abenteuerromane des späten 19. Jahrhunderts und gute europäische Kinofilme hielten ihn einigermaßen in Balance. Auch wenn er vor Müdigkeit nur mühsam die Augen offen halten konnte, geschweige denn, den Gesprächen aufmerksam zu folgen. War auch nicht so schlimm, die meisten an seinem Tisch sprachen Französisch oder Holländisch miteinander. Beides floss wie ein träger schlammiger Urwaldstrom an ihm vorbei, an dessen Ufer er langsam einzudösen drohte.

Gegen Ende des Hauptgangs stand an einem entfernten Tisch das kleine Wort „Karaoke" auf und störte ihn in seiner Lethargie. Was hatte er denn eigentlich Schlimmes verbrochen? Bevor dieses böse Wort, von Tisch zu Tisch schlendernd und immer mehr Kolleginnen und Kollegen an die Hände nehmend, ihnen dabei ein diebisches Vorfreudestrahlen auf die Gesichter zaubernd, in die Nähe seines Tisches kam, hatte er bereits detaillierte Fluchtgedanken im Sinn. Aus diesem Abend könnte er hier nur als ein unheimlich schlecht gelaunter und deprimierter Verlierer hervorgehen.

Die Garderobe befand sich im Erdgeschoss. Die Firma hatte einen großen Saal im Obergeschoss des Restaurants ausgewählt. Endlich klappte mal etwas, die Situation vereinfachte seinen Rückzug auf nicht unerhebliche Weise. Er stand auf und murmelte ein paar Worte auf Deutsch, von denen er wusste, dass sie kaum jemand an seinem Tisch verstand. Sollten sie sich doch ihren eigenen Reim darauf machen. Bis dahin wäre er schon im Dunkel der Stadt verschwunden. An der Garderobe verlangte er mit finsterem Blick, der wenig Lust auf Streit vermittelte, seine Jacke, nahm sie mit knappem Dank in Empfang und verließ mit fliegenden Schritten das Restaurant. Die Tür hinter ihm fiel ins Schloss, seine Schritte wendeten sich nach rechts und verlangsamten sich erst, als die erleuchtete Glasfront des Restaurants hinter einer Straßenbiegung in seinem Rücken verloschen war.

Und jetzt? Erstmal frei, ein tonnenschweres Wagenrad wurde soeben von seinem davon geschundenen Körper gehoben. Es war immer schön, wenn sich die Beklemmung auf die Strafbank verkrümelte. Leider kam sie meistens noch vor Ende des Spiels wieder auf das Feld. Jetzt galt es, die seltenen Momente des Freidurchatmens auszukosten. In diesem Augenblick war es ihm ganz egal, was die Kolleginnen und Kollegen morgen früh sagen würden. Zumindest wäre er dann fit und würde nicht mit schwerem Kopf vor seinem Frühstück hängen wie er es von so vielen jetzt schon für den kommenden Tag sehen konnte. Bleiche

Gesichter, dunkle Ringe um müde, stumpfe Augen. Fahnen vor den Gesichtern aufgepflanzt, die einem mittelalterlichen Ritterturnier alle Ehre machen könnten. Auch das hasste er, diese Mischung aus morgendlichem körperlichen Totalschaden und diesem „Na, wie haben wir das wieder gemacht?"-Blick in den schweren Augen.

Wie „sie das gemacht haben", würde er viel zu oft in den kommenden Wochen erfahren, ob er wollte oder nicht. Mit allem, was dazu gehörte. Gespräche auf dem Flur, in der Kantine, auf dem Parkplatz oder am Telefon. Schrecklich, wenn die Kollegen bei diesen Themen immer so laut miteinander telefonieren mussten, dass sie sich auch direkt durch die Wand verstehen könnten. Fotos ohne Ende. Immer wieder galt es bei diesen Treffen an allen Ecken irgendwelchen Smartphonekameras auszuweichen. Er war immer nur auf den Bildern vom ersten Nachmittag zu sehen. Das reichte auch. Im Laufe der Jahre hatte er ein gewisses Talent entwickelt, sich so gut wie unsichtbar zu machen, wenn er dem ganzen bösen Zauber schon nicht entkommen konnte. Schlimmer noch als die Fotos waren die anzüglichen Kommentare in den Emails der kommenden Wochen, die jeder Firmenpolitik widersprachen. Warum konnte man nicht ohne Strafe innerhalb das Jahres im Internet nach politischen Nachrichten sehen, aber der Vorstandsvorsitzende durfte unbehelligt seine lüsterne Meinung über die neue Auszubildende elektronischschriftlich kundtun? Ihn interessierte es nicht im Geringsten, ob da was dran war. Und wer später an diesen Abenden bei wem dran war oder es zumindest gerne so gehabt hätte, wenn nicht alle wieder stockbesoffen gewesen wären.

Doch das lag jetzt erst einmal hinter ihm, zumindest bis der nächste Morgen mit dürren Spinnenfingern an seine Hotelzimmertür klopfen würde, um die zweite Runde des Meetings einzuläuten. Was tun mit der plötzlich errungenen Freiheit? Die Stadt erkunden, die fremde Stadt? Fremd war sie für ihn immer noch und würde es ewig bleiben, die Stadtrallye zählte nicht. Das Ganze auch noch nachts und allein? Zu Hause würde er sich schon bei dem bloßen Gedanken einschließen, bis es wieder hell wurde. Also, ab zum Hotel, auch wenn er dafür dann doch durch die Stadt musste. Kurze Pause, um sich zu orientieren. Ein Stadtplan wäre hilfreich, aber den hatte er jetzt natürlich nicht mehr bei sich. Er versuchte sich an den Plan und das Blatt mit der Rallyeroute zu erinnern, die er beide am Nachmittag erhalten hatte. Natürlich hatte er sich den Weg kreuz und quer durch die Stadt nicht eingeprägt. Warum auch, in jeder Gruppe waren immer genug Idioten, die die Führung an sich rissen und wenn man nur gemeinsam aufs Klo musste. Er trottete also am Nachmittag lustlos zu Fuß und auf albernen orangefarbenen und giftgrünen Klapprädern hinter den anderen her und erledigte die gestellten Aufgaben mit mühsam geheucheltem Interesse. Das war er zumindest den einheimischen Organisatoren der Stadtrallye schuldig, dachte er. Innerlich zählte er bereits jetzt die Stunden bis zum erlösenden Moment, wenn er in seinen Mietwagen einsteigen, wahrscheinlich nochmals endlos durch die engen Innenstadtstraßen kurven und dann auf dem Autobahnring endlich Kurs Ost einschlagen durfte.

All das half jetzt nicht. Er wusste noch nicht einmal in welcher Richtung das Hotel lag.

In Momenten wie diesem hatten seine Sinne wenig Gelegenheit, sich die Umgebung einzuprägen. Warum auch? Normalerweise war man bei diesen Treffen erst dann der Aufsicht entronnen, wenn man spät abends die Zimmertür hinter sich zusperren konnte. Wer ahnt denn schon, dass man plötzlich nachts einsam auf der Straße treiben könnte, als ob man bei der Fährpassage nach England in einer trüben regnerischen Nacht aus Versehen über die Reling gefallen war? Rufen lohnt in beiden Fällen nicht. Auf der Fähre drängeln sich alle Halbgescheiten und Gescheiten in die diversen Bars und Restaurants, nur Typen wie er versuchen herauszufinden, ob es im kalten dunklen Regen und eisigen Wind auf Deck angenehmer sei. Und hier auf der Straße wäre Rufen auch keine Alternative. Zum einen sprach er weder Französisch noch Holländisch. Zum anderen wollte er niemanden auf die Idee bringen, dem lästigen Deutschen da draußen mal ordentlich was aufs Maul zu hauen.

Also, nachdenken. Ihm kam der Gedanke in den Sinn, dass er vom Restaurant aus besser nach links gegangen wäre. Von dort waren sie vorher gekommen und der Weg führte zumindest am Anfang zu einem der großen Plätze. Von dort könnte er sich vielleicht Straße um Straße und Platz um Platz in Richtung Marktplatz oder Diamantenviertel zurückhangeln, je nachdem was ihm zuerst in die Quere kam. Am Diamantenviertel hatte die Rallye ihren Anfang genommen. Das Hotel lag irgendwo an dessen Rand. Erst einmal dort angekommen, wäre alles gut. Dann galt es noch die Hotelbar zu umschiffen, aber das waren Sorgen für später. Wenn dies nur das einzige Hindernis für ihn wäre! Aber zwischen dem Hoteleingang und ihm lag dunkel und bedrohlich das Stein- und Betonlabyrinth der Altstadt.

Zum Restaurant zurück war nicht möglich. Zu groß die Gefahr, dort Kollegen in die Arme zu laufen, die zum Rauchen und Lästern vor der Tür standen. Den Triumph wollte er ihnen nicht jetzt schon gönnen. Wie war das doch gleich? Dreimal rechts abbiegen ist das gleiche wie einmal links? Oder galt das nur auf Autobahnkreuzen, wenn man mal wieder die richtige Ausfahrt verpasst hatte. Im Wald konnte man sich ja angeblich daran orientieren, an welcher Seite der Bäume das Moos wuchs. Auch wenn er keinen blassen Schimmer hatte, was er mit dieser Information anfangen könnte. Moos gab es hier keins, nur Müll, Staub, zerrissene Plakate, alte unrenovierte Häuser, keine Straßenschilder. Verdammt, er war in Gedanken weitergegangen, ohne auf den Weg zu achten. War er bereits abgebogen? Und wenn ja, wie oft und in welche Richtung?

Er drehte den Kopf, um den zurückgelegten Weg zu begutachten. Müll, Staub, zerrissene Plakate, alte unrenovierte Häuser. Straßenschilder Fehlanzeige. Jetzt fiel ihm auf, dass dieses urbane Ensemble nur vom fahlen Mondlicht erhellt wurde. Da beleuchten die in Belgien nachts ihre Autobahnen wie Flugzeuglandebahnen, aber in diesem Viertel war es ohne Mondlicht dunkel wie im Kinosaal, wenn der Projektor ausfällt und niemand auf die Idee kommt, dass der eine oder andere Besucher jetzt die Notbeleuchtung mit ernstgemeinter Begeisterung begrüßen würde. Wichtig, jetzt die Kontrolle zurück zu erobern und wenn es erst einmal kleine Erfolgserlebnisse sind. Blick auf die Armbanduhr. 22.45 Uhr. Noch massig Zeit um rechtzeitig das Hotel zu finden und dann erleichtert das müde Haupt auf dem Hotelbettkissen abzulegen.

War dies nicht die Gasse, in der sie dieses kleine versteckte Denkmal gesucht hatten? Irgendwie ja, aber irgendwie sah alles gleich aus. Ah, jetzt auch noch grobes Kopfsteinpflaster, das sich durch seine dünnen Schuhsohlen drückte und jeden Schritt in seine Erinnerung zu prägen schien. Er meinte, sich an einige Häuser in dieser Gasse zu erinnern, aber standen die heute Nachmittag nicht in verschiedenen Straßen? Seltsam, seltsam. Er bog um eine Ecke und dünner Nebel breitete sich über das Straßenpflaster. Gedanken an 60er Jahre-Filme drängten sich ihm unterbewusst auf. Innerlich lachte er über dieses Klischee aus unbekannter Stadt, Düsternis, engen stillen Gassen, Gaslaternen im Nebel, plötzlichen unheilvollen Schritten hinter einem und…

Schluss jetzt. „Reiß Dich mal zusammen. Sonst kommst Du nie aus dem Labyrinth heraus und zum Hotel." Erst einmal den Weg hinein finden in das elende Gassengewirr. Für Gaslaternen wäre er jetzt dankbar. Kann es denn sein, dass es in dieser Stadt wirklich so viele unbeleuchtete Straßen gab? Immer wieder wendete er seinen Blick in den Nachthimmel. Genau, er könnte seine Laufrichtung zumindest grob am Mondstand ausrichten. Jetzt rächte es sich, dass er vorhin so schnell aus dem Restaurant gestürmt war. Auch wenn jetzt der Mond rechts neben diesem schiefen Kirchturm stand, was hieß das schon? War das Hotel im Ostteil der Stadt? Es kam ihm so vor, schließlich war er heute früh direkt von der Autobahn in das Gassengewimmel geraten. Nochmal die Uhrzeit checken. Was, immer noch 22.45? Seine Uhr war stehengeblieben. Egal, Kontrolle ist Illusion, weiter in diese Richtung. Die ist nicht besser oder schlechter als jede andere. Müsste er nicht irgendwann mal an der Stadtmauer oder dem Ring oder sonst wo ankommen? Von dort könnte er sich vielleicht einfacher in Richtung Hotel hangeln. Wenn wenigstens der schlammige Straßenuntergrund nicht noch morastiger werden würde. Wo war denn das Kopfsteinpflaster geblieben? Haben die hier ein Antwerpen für tagsüber zum Vorzeigen und eins für nachts, das man lieber für sich behielt?

Er konnte sich gar nicht daran erinnern, in einer der Straßen heute Nachmittag derart niedrige und schiefe Häuser gesehen zu haben wie hier, keine Fenster zur Straßenseite. Warum drang eigentlich kein Straßenlärm bis hierher? Heute Nachmittag klang es in allen Straßen, als ob jeder Einwohner ständig mit mindestens einem Auto oder Motorroller unterwegs ist und jetzt war alles still. Passte ja zum ständig dichter werdenden Nebel. Wenn er stehenblieb, um sich zu orientieren oder zumindest zu raten, welche Gasse jetzt die richtige ist, meinte er in der Ferne das Geklapper von Pferdehufen zu hören. Nein, das konnte nur eine Täuschung sein. War das nicht eher sein Blut, das durch seine Ohren rauschte? Aber das klingt doch nicht nach Hufen auf Asphalt oder Stein. Jetzt war auch noch der Mond verschwunden. Er sah kaum von einer Hauswand zur nächste und tastete sich langsam voran. Wann kam denn endlich mal ein großer Platz? Das konnte doch nicht ewig so weitergehen. Er kam sich vor wie in seiner Kindheit, wenn er nachts mal wieder durch sein Zimmer schlafwandelte, in einer Ecke des Raums aufwachte und im Dunkeln versuchte, seinen Weg zum Lichtschalter zu finden. Seltsam, wie fremd ihm dann vertraute Möbel und Gegenstände vorgekommen waren und wie verloren er seiner kleinen Kinderwelt war. Aber das hier war nicht sein Kinderzimmer sondern eine fremde Stadt, die ihm ständig fremder zu werden schien. Ziegel um Ziegel, Haus um Haus versuchte er, voranzukommen. Hin und wieder half ihm diffuses Licht zumindest die nächste Straßenbiegung zu erkennen, aber dahinter sah es aus wie… Ja wie eigentlich? Er konnte sich nicht erinnern schon einmal durch solche morastigen Gassen gewatet zu sein. Das konnte doch alles nicht wahr sein!

Und plötzlich hörte er hinter sich mehrere Stimmen, die leise aber eindringlich miteinander flüsterten. Er verstand nichts, aber unheilvolles Flüstern klingt in allen Sprachen gleich. So sehr er spürte, dass er eigentlich nicht hierhin gehörte, so sehr glaubte er, dass dieses Gespräch mit seinen feindseligen Untertönen ihm gelten könnte.

Sein Unterbewusstsein erhob warnend seine Zeigefinger und deutete an, dass er schleunigst aus diesem düsteren Viertel verschwinden sollte. Das sagte sich so einfach. Zurück? Da waren die Stimmen hinter ihm und der Weg zurück war genauso verwinkelt wie der Weg voran. Schon lange hatte er jegliche Orientierung komplett verloren und vertraute nur noch dem Zufall.

Ein schlechter und sehr unzuverlässiger Ratgeber, das wusste er. Aber leider auch sein einziger.

Das Flüstern hinter ihm wurde lauter und entschlossener. Scheinbar hatte man sich gegenseitig davon überzeugt, was jetzt zu tun sei und sprach sich Mut zu. Jetzt war er sicher, dass er Thema dieser Unterhaltung war. Und jetzt? Flucht nach vorn. Er riss sich von der Häuserwand los, an der er sich minutenlang angelehnt hatte und beschleunigte seinen Gang. Erst Schritt, dann Trab und als er hinter sich eine ganzes Ensemble an eiligen Schritten auf dem schlammigen Untergrund hörte, nahm er die Beine in die Hand und versuchte Straßenecke um Straßenecke zwischen sich und die sich gegenseitig anfeuernden Stimmen zu bringen. Er konnte in dem Schlamm, der mittlerweile fast knöcheltief war, nicht so schnell laufen, wie ihn seine Angst vorantreiben wollte. Mit ausgestreckten Armen versuchte er in seinem Lauf zu vermeiden, zu hart gegen die Häuserwände zu stoßen. Wenn sie ihm schon ans Leder wollten, musste er sich nicht schon vorher selbst den Schädel an einer Hauswand einschlagen. Links rum, rechts rum, egal welche Haken er schlug, die Stimmen hinter ihm hielten den Abstand. Aha, so fühlte sich also der Fuchs bei der Treibjagd.

Verdammt, das war jetzt aber eine kurze Gasse. Nein, oh nein, eine Sackgasse, gleichzeitig der Hinterhof dreier Häuser auf allen Straßenseiten? Kann doch nicht wahr sein! Die Wände waren hoch, keine flache Gartenmauer, über die er sich hinwegwälzen konnte. Hinter ihm kamen die Schritte zum Stillstand, auch die Gespräche verstummten. Dafür spürte er Blicke im

Nacken. Und es waren keine Blicke der Bewunderung. Sollte er sich umdrehen? Hatte das noch Sinn? Das leise metallische Klicken hinter ihm klang wie ein Klappmesser. Wie mehrere Klappmesser. Er stütze seine ausgestreckten Arme an der kalten Ziegelwand vor ihm ab und senkte resigniert den Kopf. Solche Szenen kannte er nur aus Romanen, aus schlechten Romanen, um genau zu sein. Er war nicht zum Held geboren, er war kaufmännischer Angestellter. Kurz lachte er heiser auf. Welche Gedanken einem durch den Kopf gingen angesichts der Ausweglosigkeit.

Als sich aus der minutenlangen Stille hinter ihm ein einzelnes Paar Schritte löste und sich ihm zu nähern schien, verkrampfte er innerlich. Das war es jetzt also? Und dann…

… schüttelte jemand seine Schultern und er schlug verstört die Augen auf. Alle am Tisch schauten ihn erwartungsvoll an. Und er hörte: „Come on, man. Don't sleep. It's karaoke-time!"

Tampereen sanomat –
Neues aus Tammerfest

Ä, B, C

Es gibt nicht so vieles, was die deutsche und die finnische Sprache miteinander verbindet. Ein Aspekt ist sicherlich der vermehrte Gebrauch des Buchstabes „Ä".

Den anderen Sprachen war damals gar nicht aufgefallen, dass noch original verpackte Paletten von großen und kleinen Äs im Angebot waren. Die Finnen waren schon immer etwas schneller mit neuen Ideen. Schließlich hat man zum Beispiel bei Nokia bereits Gummistiefel, Autoreifen und Mobiltelefone entwickelt, bevor andere Unternehmen im Norden auf die gleichen Ideen kamen. Kann man damit reich werden? Sieht so aus, die Geschichte erzählt das so.

Ist auch egal, jedenfalls nahmen die Finnen das einmalige Angebot sofort an und kauften den ganzen Bestand an großen und kleinen Äs. Es waren so viele, dass es für alle im Land reichte, um tolle Worte wie ääni (= Stimme), ääri (= Ende), äly (= Verstand) oder ämpäri (= Eimer) an die Bevölkerung zu verteilen.

Schließlich waren am Ende immer noch eine Menge große und kleine Äs übrig. Man beschloss, sie mit einer Truppe drittklassiger Eishockeyspieler auf der nächsten Fähre nach Deutschland zu schicken. Auch wir hätten sicherlich noch mehr Äs in unserer Sprache, wenn nicht damals zufällig ein junger aber schon sehr reicher Tennisspieler in einem unauffälligen Ford Transit am Fährhafen aufgetaucht wäre. In einem unbeobachteten Moment lud er dann seinen Transporter damit voll und verschwand in Richtung Heidelberger Gegend. Die allermeisten der brandneuen und unbenutzten Buchstaben hatte er leider in der 80ern und 90ern in Interviews verschwendet, so dass er selbst heute kaum noch spricht.

Wir anderen deutsch sprechenden Menschen mussten uns dann große und kleine Äs an langen Winterabenden mittels komplizierter Laubsägearbeiten aus alten Umverpackungen basteln, um die Lücken in unserer Sprachschatztruhe zu füllen.

Solid as a rock

Finnland ist praktisch eine Insel, aus unserer Sicht zumindest. Selbst wenn man auf die ungewöhnliche Idee käme, den kompletten Weg von hier dorthin mit dem Auto zu fahren, stünde man nach einer elend langen Tour durch Polen, Litauen und Estland im Fährhafen von Tallinn, um die letzten Seemeilen nach Helsinki dann doch per Schiff zurückzulegen. Auf die verwegene Idee, den letzten Schlenker durch Russland auch noch selbst zu fahren, kämen wohl nur die allerwenigsten. Und oben herum über Schweden und Lappland? Na, da kommen dann schon mehr Kilometer zusammen als man in einem Urlaub schaffen möchte.

Und sonst? Am besten fliegt man von hier nach dort oder nimmt eben eine der zahlreichen Fähren aus Kiel oder Rostock oder so. Irgendwie ist es also, als ob Finnland eine Insel ist, die nur zufällig an Russland angepappt wurde.

Nun haben mehrere Eiszeiten dafür gesorgt, dass das Finn-Land ziemlich platt gewalzt wurde und nach der letzten Eisrunde viel blanker Fels zurückgeblieben ist, über den im Lauf der Zeit nur eine hauchdünne Schicht Erde gezogen wurde. Der Fels ist in Finnland allgegenwärtig, selbst in den großen Städten.

Granit wurde dann auch 1989 zum finnischen Nationalgestein gewählt. Und jetzt sind Sie dran: Wieviele weitere Nationen haben sich bereits für ein Nationalgestein entschieden?

Nicht nur, dass Straßen und Eisenbahnstrecken durch das omnipräsente Gestein getrieben wurden. Sehen Sie sich nur einmal die Felsenkirche in Helsinki an, die komplett in (oder aus?) Granit gebaut wurde.

Aber halt, fast noch einmaliger ist ein Bauwerk, das in Tampere zu finden ist, dies aber nicht unbedingt auf den ersten Blick. Die Eishalle im Stadtteil Hervanta sieht auf den ersten Blick aus, wie das obere Ende eines Fahrstuhlschachts, an dem das Schild „Jäähalli" (schon wieder Äs, sehen Sie?) = Eishalle angebracht ist. Man fragt sich, wie klein denn die Eisfläche in diesem winzigen Gebäude sein soll. Verrückte Finnen, denkt man vielleicht noch. Kleinste Eisbahn der Welt, oder so?

Verrückte Finnen!
Kann man gar nicht oft genug wiederholen.

Vor allem, wenn man an einem Spätherbst- oder Wintersamstag vor dem Gebäude steht und beobachtet, wie im Halbminutentakt immer mehr Kinder und Jugendliche mit riesigen Eishockeytaschen, von Vater und/oder Mutter begleitet, das Gebäude betreten, ohne dass mal jemand herauskommt! Wenn man dann selbst die Stahltür öffnet, kommt die nächste Überraschung. Was wie das obere Ende eines Fahrstuhlschachts aussieht ist im Prinzip auch genau das. Zwei Aufzüge und eine Stahlwendeltreppe führen von hier in die Tiefe. Und wenn sich nach zwanzig Sekunden Abwärtsfahrt die Aufzugtür öffnet, steht man in der Mitte einer langen Felshalle.

Wow, links eine komplette Eisfläche, rechts eine komplette Eisfläche und dazwischen ein kleiner Gebäudekomplex. Im Untergeschoss sind Umkleidekabinen untergebracht, darüber thront der Aufenthaltsraum mit der typischen finnischen Gebäck- und Kaffeebar. Der gesamte Raum ist mit Wimpeln, Postern und Pucks dekoriert. Es fühlt sich wie eine kleine finnische Hall of Fame of Junior Hockey an, sieht man so bei uns auch nicht oft.

Wenn man an einem der Tische sitzt und sich mit Kahvi (=Kaffee) und Korvapuusti (= Hefegebäck, wörtlich übersetzt: Ohrfeige) beschäftigt, klingt der Lärm der Schüler- und Jugendmannschaften, die sich gerade nichts Schöneres vorstellen können, als gegeneinander Eishockey zu spielen, zu einem herauf. Es ist bestimmt genauso wie in hunderten anderen finnischen Eishallen, doch wenn hier der Blick an die Hallendecke oder zu den Wänden geht, dann trifft das

Auge auf keine Holzbalken oder Fenster. Dort ist nur blanker, gesicherter Fels.

Eishockey im Schutze des Nationalgesteins?
Verrückte Finnen!

Neues von der Zeitverschiebung

Finnland ist nicht nur eine Insel, was Sprache und Erreichbarkeit angeht. Es wurde auch in einer anderen Zeitzone als Deutschland abgelegt. Somit ist es ratsam, alle Uhren in Geräten, die man auf einer Reise nach Finnland dabei haben muss, an die lokale Zeit anzupassen. Spätestens natürlich, wenn man den ersten Blick am Flughafen auf eine Uhr geworfen hat. Das lange Gesicht kommt sonst nämlich bei der ersten Verabredung, wenn man meint: „Super, zehn Minuten eher als geplant!" Die Verabredung ist dann natürlich schon lange weg, weil man eigentlich fünfzig Minuten zu spät am vereinbarten Treffpunkt erscheint.
Natürlich ist der erhoffte Partner/die erhoffte Partnerin schon sonst wo und antwortet nicht mehr auf hilflose SMS-Versuche. Vorher hatte man das Handy ja auf lautlos gestellt, man ist schließlich im Urlaub...

Na gut, diesen Effekt kennt jeder, der in die eine oder andere Richtung mehr als ein paar Längengrade unterwegs war. Wenn man sich aber zum Beispiel im November in Finnland aufhält, dann kann man auch noch eine weitere, beim ersten Mal etwas ungewohnte Zeitverschiebung beobachten bzw. am eigenen Leib spüren. Wer es im Winter mit dem pünktlichen Aufstehen nicht so hat, dem kann es schon mal passieren, dass es bereits wieder dämmert, noch bevor man mit dem letzten Frühstückskaffee durch ist. Auf zeitaufwendige Outdooraktivitäten kann man man an diesem Tag verzichten. Noch ehe man die Wanderschuhe geschnürt hat, laufen bereits die Abendnachrichten auf YLE TV1, so sehr verdichten sich die Herbst- und Wintertage im Norden. Sie glauben es nicht? Dann fahren Sie mal selber hin und probieren es aus. Ich bin auf Ihre Erfahrungen gespannt!

Bis zum Horizont... oder:
Glaube versetzt keine Wellenberge

Pedro Colon legt nachdenklich und missmutig die Feder beiseite, mit der er soeben die letzten Eintragungen in das Logbuch vorgenommen hatte. Die Nacht bricht bereits an und die Laternen in seiner Kapitänskajüte verbreiten ein diffuses Licht. Sie schaukeln im Rhythmus der Wellen, über die die Santa Monica ihrem unausweichlichen Ziel widerstrebend aber stetig entgegentreibt. Javier und Octavio waren nach der Unterredung heute Nachmittag grußlos von Bord gegangen und hatten sich zu ihren Schiffen zurückrudern lassen.

Wie seine beiden Mitkapitäne weiß Pedro jetzt unweigerlich, dass die letzte Etappe ihrer Reise angebrochen ist. Eine Etappe, die sie so eigentlich nicht auf ihrer Rechnung haben wollten.

Seine Gedanken wandern einige Tage zurück. Es gab da einen kurzen Zeitraum, da schien ihm die Welt offen zu stehen. War dies wirklich nur ein fiebergleicher Traum, gleichzeitig eine Lästerung dessen, was alle wussten?

Die kleine Flotte hatte damals im Morgengrauen die Säulen des Herkules passiert und eilte über die Wellen des Atlantiks in den jungen Tag wie eine Bande halbstarker übermütiger Delphine. Santa Monica, Santa Barbara und San Francisco reckten die Nasen ihrer Galionsfiguren gen Westen, genauso wie Pedro Colon an Bord seines Flaggschiffs.

Der Plan war kühn, das wusste er. Spätestens dann, als jeder darüber lachte, dem er davon erzählt hatte. Was dazu führte, dass er das mit dem Erzählen bald darauf aufgab und dass sich die drei Schiffe schließlich davongeschlichen hatten wie Diebe in der Nacht. Nur gut, dass sie die Expedition selbst ausstatten konnten und nicht auf adlige Geldgeber angewiesen waren. Kein spanischer Graf, kein Fürst, kein Baron hätte ihnen auch nur einen roten Heller vorgestreckt, vom König ganz zu schweigen. Er hätte sie eher wegen Majestätsbeleidigung bis ans Ende ihrer Tage in irgendeinem dunkel-schimmeligen Kerker angekettet verrotten lassen. Und da wären sie nicht die ersten gewesen...

Wehmut umklammert Pedro Colon in seiner düsteren Kajüte, während er gedankenverloren die Feder wieder in die rechte Hand nimmt und zwischen seinen Fingern behutsam hin und her dreht. Die Mannschaften schlafen bereits, auf der Santa Monica genauso wie auf den beiden anderen Schiffen. Pedro weiß, dass es noch zwei Kapitänskajüten gibt, in denen fahles Licht auf nachdenkliche Kapitäne fällt, die dazu auch noch eine ordentliche Portion Wut auf ihre Schiffe mitgenommen hatten.

Damals, als sie die Enge des Mittelmeeres verlassen hatten, begann Pedro sich endlich frei zu fühlen. Das alte Spanien war hinter ihnen immer kleiner geworden und bald nur noch ein sandfarbener Strich zwischen azurblauem Himmel und blaugrauem Atlantik. Entkommen, auch aus der Enge der katholischen Kirche. Der Bischof hatte schließlich knapp davor gestanden, sie kurzerhand der Inquisition zu übergeben.

„Die Welt umrunden? Gott wird Euch für Euren Frevel schwer strafen, wenn ich es nicht schon vorher tue. Man kann nur umrunden, was auch rund ist. Ihr werdet an den Rand der Welt kommen und herunterfallen. Ha!"

In den Augen der Kirchenverantwortlichen wuchs Pedros Anerkennungsproblem noch dadurch, dass er auch arabische, indische und chinesische Land- und Seekarten verwendet hatte, um seine Route festzulegen.
„Die Welt *umrunden* und das auch noch mit Hilfe von *heidnischen* Seekarten? Das Fegefeuer wird das von Euch räuchern, was die Inquisition übrig gelassen hat, wenn sie mit Euch fertig ist. Ha!"

Pedro steht schwerfällig vom Kapitänstisch auf und rollt seine Seekarten zusammen. Sie sind jetzt nutzlos geworden. Trotz der späten Abendstunde geht er hinauf auf die Brücke.

In den letzten Tagen hatte er hier fast jeden Moment verbracht. Er hatte auf seine Mannschaft hinuntergeschaut, die ihre Arbeit mit unglaublicher Routine erledigte. Sein Blick war nach Westen gerichtet gewesen. Dorthin, wo hinter dem Horizont das Ziel der Reise liegen musste. Anfangs war es ein Leichtes gewesen, die kleine Flotte auf Kurs West zu halten.

Heute Abend umströmt ihn auf der Brücke in seiner Einsamkeit schneidiger Wind und prickelndes Salzwasser, als ob das Meer mit nassen, tentakelgleichen Fingern nach ihm greifen will.

Aber er spürt das alles kaum, da er mehrere Rucksäcke mit Sorgen um seine Freunde und um sich selbst, Sorgen um ihre Schiffe und ihre Mannschaften mit sich trägt. Er ist genug damit beschäftigt, das Tragen dieser Rucksäcke auszubalancieren ohne auf die Knie zu sinken. Die Momente, in denen er sich einer unglaublichen aber kurzen Freiheit bewusst gewesen war, lagen definitiv hinter ihm, untergegangen wie ein vollgelaufenes Fischerboot im Orkan.

Er erinnert sich, dass er damals auch Fischer in der Biskaya aufgesucht hatte. Er wollte mehr über den so gefürchteten stürmischen Atlantik erfahren. Wie konnte es sein, dass die großen Segelschiffe auf dem Weg nach Asien ängstlich an der afrikanischen Küste klebten wie Fliegen am Honigtopf während die Fischer der Biskaya ihre sagenhaften Fänge aus den blauschwarzen Tiefen des Atlantik holten, ohne Furcht, nicht wieder zurückzukehren? Ihr Geheimnis hatten sie ihm natürlich nicht verraten. Das wurde nur von Vater zu Sohn weitervererbt.

Angst, nicht mehr zurückzukehren, hatten sie alle. Soviel erfuhr er dann doch. Es blieben in jedem Jahr Boote mit guten Freunden auf dem Meer, aber die Aussicht auf einen großen Fang war so verlockend, dass jeder das ungewisse Abenteuer immer wieder aufs Neue wagte. Jeder Fischer hatte das sehnsüchtige Ziel, seine Familie wiederzusehen und ihr mit seinem Fang über ein weiteres Jahr ein halbwegs erträgliches Dasein an der baskischen Küste zu ermöglichen, den Anfeindungen der königlichen Beamten stolz trotzend…

Was wussten sie, was sonst niemand wusste? Pedro stürzte sich mit unglaublichem Enthusiasmus in die Reisevorbereitungen. Er setzte sich über alle Widerstände hinweg, die seinen Weg versperrten.

„Ich wage das Ungewagte, mein Gewinn wird höher sein als mein Preis."

„Ich pfeife auf die Meinung der königlichen Kapitäne. Sie sind feige Befehlsempfänger und werden dafür bezahlt, nicht nachzudenken."

„Und ich gehe den Truppen des Bischofs aus dem Weg. Sonst sehe ich die Sonne Spaniens nie wieder."

Diese Gedanken waren es, die Pedro schließlich aus Spanien mitnahm und sie tief in seinem Herzen verinnerlichte. Taten er und die Fischer dennoch das Gleiche? Damals hätte Pedro auf diese Frage ohne zu zögern „Ja!!!" geantwortet. Heute auf der einsamen Brücke sieht die ganze Geschichte schon ein wenig anders aus. Hand aufs Herz; ein wenig? Komplett und absolut anders träfe es wohl eher. Dokumente und Karten sammeln war das Eine. Die Erfahrung als Vertrauten mit an Bord zu haben, das ganz Andere.

Sie meldeten sich damals nicht bei der Hafenkommandantur ab und brachen nachts und still und leise auf. Pedro hatte es noch nicht einmal gewagt, in der Kathedrale um göttlichen Beistand zu bitten. Zum einen wollte er natürlich nicht im letzten Moment den bischöflichen Fängern in die ausgebreiteten Arme laufen. Zum anderen… na ja… er war immer noch ein tiefgläubiger Katholik und die Worte des Bischofs brannten schon ein wenig auf seiner kleinen Christenseele.

Wusste der denn mehr als die anderen Menschen? Der Rand der Welt? Er war ja immerhin der Bischof.

Konnte Pedro wirklich den Herrn um seinen Segen bitten? Als Ausgleich, dass er dies nicht getan hatte, erzählte er den beiden Freunden, er hätte es getan und hoffte, dass seine Lüge ihren Glauben mehr stärkte als sie seinen zu Boden rang.

Der einzige, der ihm vorbehaltlos glaubte, war sein kleiner Bruder Christoph. Ihm war es völlig klar und selbstverständlich, dass der Plan einfach nur total revolutionär und genial war.
„Nein Chris, Du kannst nicht mit. Das ist kein Schulausflug und Du bist erst zwölf Jahre alt. Ja, Deine Zeit wird kommen. Jetzt gib endlich Ruhe. Und leg die verdammten Karten weg, die waren irre teuer. Ich lass Dir Abschriften anfertigen, bevor wir ablegen."

Wie er auf der Brücke steht und die kleine Flotte immer weiter unweigerlich Richtung Süd-Südwest treibt, geht ihm das alles plötzlich tierisch auf die Nerven. Er schüttelt sich, als ob er die Rucksäcke damit in den Schaumwogen des Atlantiks versenken könnte. Sollen sie doch auf den Grund sinken und dort den gestrandeten Fischern der Biskaya als Zeitvertreib dienen. Nur, es gelingt ihm nicht.

An Land klang Pedros Plan damals in seinem kleinen Stadtpalais so einfach wie einleuchtend:
„Kommt, Freunde! Wir fahren einfach hintenrum. Die Route unterliegt nicht dem Monopol des Königs. Wir sind schneller in Indien, machen irre Geschäfte, drehen um und sind genauso schnell wieder in

Spanien, verhökern alles und haben bis ans Ende der Tage ausgesorgt. Die Karten stimmen, das garantiere ich Euch, das Ende der Welt ist irgendwo, aber nicht auf unserer Route. Wenn diese arabische Karte hier stimmt… Nein Octavio, Du hältst sie falsch herum. Leg sie bitte wieder auf den Tisch. Es ist die einzige verlässliche Karte des Atlantiks, die wir haben.

Also, wenn diese Karte hier stimmt, dann brauchen wir so ungefähr fünfzehn bis fünfundzwanzig Tage und haben die Ostküste Indiens oder Chinas erreicht. Weitere zehn Tage, bis wir nach dem Weg gefragt und die Handelszentren erreicht haben. Weitere zehn Tage für Handel und Beladen der Schiffe. Dann Kehrtwende, zurück in diese anderen Winde hier weiter südlich und nach nochmals fünfzehn bis fünfundzwanzig Tagen sind wir wieder in Spanien. Wer hat noch Fragen, Freunde?“

Ja, an Land… Aber jetzt sind sie mitten auf dem Atlantik, Kurs West, der sich zuerst irgendwie in Kurs West-Südwest und dann Süd-Südwest selbständig gemacht hatte. Ganz egal, wieviel Segel man setzt und wie hart man zu kreuzen versucht. An diesem Nachmittag hatte er seine beiden Co-Kapitäne auf die Santa Monica beordert. Es war an der Zeit, ihnen reinen Wein einzuschenken.

In seiner Kapitänskajüte konnten die beiden anderen Kapitäne Pedros Unsicherheit fast mit Händen greifen. Sie unterließen es, sich gegenseitig in die Augen zu blicken. Denn beide hätten im Gesicht des anderen wie im Spiegel sehen können, dass sie so ungefähr das Gleiche über Pedro dachten, aber bisher nicht wagten, auch nur ein Wort ihrer Gedanken zu äußern. Er spielte ihnen den souveränen Flotten-kapitän vor, wusste aber vor Nervosität und Un-sicherheit nicht, was er mit seinen Händen noch durchkneten sollte, nachdem er mit seinem Gewand-saum fertig war.

Was sollten sie denn jetzt noch ausrichten? Sie hatten sich zu Dritt verbündet, hatten sich mit Krone und Kirche überworfen und keine andere Chance, als zusammen diese verdammte irrsinnige Reise zu beenden. Umkehren und mit leeren Händen zurück? Ein Leben in Ketten, Kerker und Folter ist für nichts eine echte Alternative. Also vorwärts. Wenigstens würden sie unter freien Himmel und an der frischen Luft sterben, wenn diese Expedition in einem Total-crash enden sollte.

Na ja, und vielleicht hatte Pedro, dieser verrückte Hund, ja doch den Stein der Weisen entdeckt, den Weg ins El Dorado, die Marschroute zu Ruhm und Reichtum. Es passierte alle Jubeljahre, dass irgend-jemand einen tollkühnen Plan ausgrub, erfolgreich durchführte und danach aller Sorgen ledig war. Aber es gab auch Tausende, die scheiterten, die man nie wiedersah und die von allen vergessen wurden.

Javier fasste sich ein Herz und sah Pedro tief in die stahlgrauen Augen.
„Pedro, mein Freund…"
Er rang ein wenig mit den Worten.
„Unsere Schicksale hängen aneinander wie drei ent-flohene Sträflinge, die noch zusammengekettet sind. Und genau wie sie werden wir gemeinsam dem ein-geschlagenen Weg folgen.

Dass Dein Plan... wohl doch völlig bescheuert ist, müssen wir Dir nicht extra sagen, oder?"

Ein schicksalsschwerer Moment der Stille hing in der Luft und wusste nicht wohin.

Octavio war froh, dass Javier das Gespräch endlich eröffnete. So konnte er endlich auch einige der Gedanken loswerden, die ihn bedrückten: „Hör mal, Pedro. Wir sind zusammen mit unseren Schiffen hier auf dem Atlantik, Kurs West, jedenfalls wäre das unser Ziel. In Madrid wird man uns in diesem Moment für vogelfrei erklären. Das reicht doch als Beweis, dass wir an Dich glauben, oder?

Javier hat Recht. Dein Plan ist völlig durchgeknallt. Frag mich nicht, warum ich mich darauf eingelassen habe. Ich weiß es selber nicht. Aber jetzt lasst uns das Beste daraus machen, wo wir schon mal unterwegs sind. Hollywood or bust, verdammt noch eins..."

Der schicksalsschwere Moment der Stille fasste neuen Mut und umfasste die drei Freunde gleichzeitig mit kalten Armen.

Pedro sah von einem zum anderen und wieder zurück. Nicht, dass nicht schon genug Selbstzweifel an ihm nagten wie Geier am Aas.

Jetzt war er auch hin und her gerissen. Wie war das denn jetzt gemeint, hm?

War das jetzt eine Verschwörung der beiden gegen ihn, um wenigstens die eigene Haut zu retten? Der Beginn der Verteidigungsrede, ohne dass er die beiden angeklagt hatte? Er wusste von zu Hause nur zu gut, dass es vorsichtig zu sein gilt, wenn einem „Freunde" in brenzligen Situationen ungefragt ihre unbedingte Treue beteuern. Oft war dies nur einen Wimpernschlag von dem Moment entfernt, in dem man einen Dolch zwischen die Rippen bekam. Treue bis in den Tod, klar.

„Und... hoppla. Jetzt liegt er doch tatsächlich plötzlich vor uns und blutet den Fußboden voll. Also, dann lasst uns doch jetzt mal die Situation komplett neu überdenken." So ging's oft zu, daheim...

Ihm stand der Sinn nicht nach vielen Worten. Was hätte eine blumenreiche und von sonst woher geholte Rede jetzt auch noch ausgerichtet? Er hielt sich an der Tischplatte fest, wohl wissend, dass seine Freunde dieses Manöver des Stärkevortäuschens durchschauen würden. Seine Stimme klang leise, aber seltsam fest und endgültig: „Freunde, ich weiß Euer Vertrauen zu schätzen. Das ist nicht selbstverständlich in unserer schweren Zeit. Nun denn, was soll ich jetzt noch große Reden schwingen? Ihr wisst selber, dass sich unsere Schiffe jetzt unwiderbringlich auf Kurs Süd-Südwest befinden. Ich denke, der Kurs wird sich bald noch in Süd ändern und das war's dann.

Ich hab so das Gefühl, dass die Gelehrten in Europa hinsichtlich der neuen Theorien über die Form der Erde vielleicht doch nicht alles wissen. Scheinbar haben wir unsere Trümpfe überreizt und zahlen jetzt den Preis dafür, dass wir alle Warnungen seitens der Kirche und des Königspalastes hinsichtlich des Randes der Welt in den Wind geschlagen haben. Genau dieser Wind treibt uns jetzt in das Verderben.

Das wäre für den Großinquisitor eine Genugtuung, wenn wir ihm berichten würden, dass er Recht hat und wir nicht. Mir alleine ist es allerdings auch eine Genugtuung, dass wir die Gewissheit mit uns nehmen.

Freunde, wie oft hatten wir im Scherz gesagt, das Leben besteht aus kleinen Siegen und großen Niederlagen? Unser kleiner Sieg war es, dass wir diese Reise ohne Erlaubnis antreten sind. Unsere große Niederlage ist es, dass unser Glaube an etwas Neues wohl nicht fest genug war und von unseren eigenen Zweifeln zu Boden gerungen wurde. Auch wenn es keiner zugeben will. Also, rudert zu Euren Schiffen zurück, verbringt die letzten Tage bei Euren Mannschaften. Sagt ihnen, wenn sie meutern wollen, sollen sie es ruhig tun. Sie werden sehen, es ändert sich trotzdem nichts. Die Schiffe finden jetzt ihren Weg auch ohne Mannschaften. Geht, es gibt nichts mehr zu tun."

Pedro ging nach diesen Worten aus der Kapitänskajüte, er konnte seinen Freunden nicht in die Augen sehen. Grußlos verließen Javier und Octavio die Santa Monica und man ruderte sie wortlos zu ihren Schiffen zurück.

Und wenn dies ein Drehbuch wäre, dann würde sich unser Blick jetzt von der kleinen Flotte lösen und in die Höhe steigen. Die drei Schiffe schrumpfen auf der unglaublichen Weite des Südatlantik zu winzigen Punkten. Aus großer Höhe sehen wir bald am südlichen Horizont eine gebirgshohe Wand aus Wassernebel auftauchen. Deren Getöse werden die Besatzungen der drei Schiffe bald schon zuerst als leises Grollen, dann als missmutiges Grummeln und schließlich als nervenzerfetzenden Höllenlärm wahrnehmen. Mit ein bisschen Glück greift der Wahnsinn dann mit sanften Händen nach den Männern, so dass sie das endgültige Ende dieser Reise nicht mehr bei klarem Verstand erleben.

Was gibt's noch zu sagen?
Vielleicht hatte Pedro Recht.
Vielleicht war der Glaube der drei Freunde an das Neue und Revolutionäre wirklich nicht groß genug.

Vielleicht war es gut, dass er seinem jüngeren Bruder vor der Abfahrt Abschriften der Karten überließ, die dieser mit wahnhafter Motivation studieren wird. Er will, ja, er muss seinem Bruder in Richtung Westen auf dem Weg nach Indien folgen. Warum kehrt er denn nicht zurück? Doch wohl nur, weil er in Indien sein Glück gefunden haben wird!
„Na warte, Bruderherz. Dich werde ich finden und wenn ich einen ganzen Kontinent aus dem Weg räumen muss!"

Nun, das ist eine andere Geschichte und wir wissen alle, wie die ausging.

Soundsoviele Jahre bemannte Mondfahrt. Wer's glaubt...

Neulich hörte ich im Radio, dass sich mal wieder die erste bemannte Mondlandung zum soundsovielten Mal jährt. Sie wissen schon: Apollo 11, alle Mann am Fernseher, ein kleiner Schritt für mich, das alles. In dem Radiobericht wurde auch erwähnt, dass heutzutage in jedem PKW mehr Computer stecken als im gesamten Apollo-Programm. Und dass wir im Moment gar keinen Astronauten, Kosmonauten, Teikonauten, Wasweißichonauten oder wen auch immer zum Mond schicken können, da es auf der Erde kein Trägerraketensystem wie die damalige Saturn V-Rakete gibt.

Moment mal. Wir haben Technik ohne Ende aber kein simples Vehikel, um den ganzen Kram zum Mond zu ballern? Ist denn unser ganzer Technikwahn dabei drauf gegangen, sprechende Toaster zu erfinden oder kleine Telefone, mit denen man fotografieren oder kleine Kameras, mit denen man telefonieren kann? Man hätte uns früher weggesperrt, wenn wir versucht hätten, mit unserem Telefon zu fotografieren. Was denn auch? Das Deutsche-Bundespost-Telefon war an einem ca. 1,6 m langen, dünnen, grauen Kabel angebunden. Sollte ich etwa die Makramee-Arbeiten knipsen, die meine Eltern darüber an die Wand gedübelt hatten? Eben.

Ist unsere Technik-Abteilung mittlerweile ein wenig von der Hauptstraße abgekommen und hat sich heftig auf irgendwelchen Feld-, Wald- und Wiesenwegen verfahren?

Oder ist der Hintergrund vielleicht ein ganz anderer? Ist die ganze Weltall-Geschichte ein ganz großer Schabernack, den die Wissenden mit uns Laien bereits seit 500 Jahren treiben und sich dabei gemeinschaftlich seit vielen Generationen vor Lachen auf die Schenkel hauen? Kann es sein, dass die „Mondlandung" nur der vorläufige Höhepunkt der ganzen Show war? Bleiben Sie am Apparat, ich werde die wahre Geschichte hinter „Houston, wir haben ein Problem." ein wenig aufklären.

Die ganze Sache mit dem heliozentrischen Weltbild war anfangs nur ein riesiger Spaß von Nikolaus Kopernikus und seiner Astro-Gang. Mag sein, dass der alte Koppi damals wieder zusammen mit seinen Freunden im Park gegenüber den Schach spielenden Rentnern abhing. Alle prahlten damit, welche Weiber sie demnächst flachlegen würden. Wohl wissend, dass all zu viel davon Illusion und Selbstoderandereverscheissern ist. Man öffnete den einen oder anderen Rotweinkrug und machte sich gegenseitig und gemeinsam über die Arbeit der anderen lustig. Weil Old Nik, bei den Ladies trotz langer lockiger Haare komischerweise ohne Chance, dabei nicht zurückstehen wollte, sagte er dann irgendwann zwischen zwei Schlucken aus dem Weinkrug: „Ach übrigens, hab neulich rausgefunden, dass das geozentrische Weltbild von Ptolemäus Mumpitz ist. Die Sonne steht im Zentrum und alles andere eiert drumherum. Hat noch wer `ne Fluppe?"

Betretenes Schweigen allerseits, es ist schließlich der große Nikolaus Kopernikus, *head of da gang*, der da sprach, auch wenn er schon ziemlich einen in den Socken hatte. Am späten nächsten Morgen, nach einem gepflegten Katerfrühstück ist Koppi dann aufgefallen, was er da Wahnsinniges einfach so in den Raum geworfen hatte. Jetzt galt es, seinen Ruf als genialen Wissenschaftler zu zementieren. Ihm glaubte man, auch ungeprüft. Noch ein paar Dokumente erfinden, ein Traktat hier, eine kleine geschmeidige Veröffentlichung dort und schon war er auf dem Weg zur wissenschaftlichen Unsterblichkeit.

Und wie das so ist, wenn sich eine Theorie erstmal in der Welt und im Umlauf befindet. Viele Generationen von Astronomen strickten weiter an der heliozentrischen Legende. Galilei, Kepler, Herschel und viele andere sahen sich gezwungen, diese Legende mit Leben zu erfüllen und die Sonne schließlich aus dem Zentrum der Welt auch noch an den Rand der Milchstraße zu verdrängen. Schließlich wollte man ja selbst berühmt und bedeutend werden. So ging es die Jahrhunderte durch weiter und weiter und weiter und weiter und so weiter und weiter. Keiner prüfte es richtig nach, alle vertrauten den so cleveren Wissenschaftlervorfahren.

Solange der Mensch fest mit den Füßen auf der Erde verblieb, war es ja nicht so problematisch.
Auch die Erfindung des Flugzeugs war noch kein Drama, auch wenn hier und dort schon Warnlampen aufflackerten. Sollte es möglich sein? Natürlich! Zu der Zeit nutzte der Mensch seine technologischen Fortschritte, um aus einer Mischung technischem

Minimums und menschlichem Maximums seine Horizonte zu erweitern.

Heute nutzt man ja eher ein technisches Maximum und ein menschliches Nichtstun, um das Leben scheinbar bequemer zu machen. Das ist dann wohl unsere Version von Fortschritt, wenn Deine Armbanduhr cleverer ist als Du selbst.

Zurück zum Thema.

Der erste Mensch im All, der gute Juri Gagarin blieb noch brav in einer Umlaufbahn um die Erde. Er reihte sich in die Elemente ein, die die Erde umkreisten. Ging gerade noch mal gut. Aber dann kam man auf die Idee, zum Mond zu fliegen. Nur gut, dass damals die TV-Technik schon so weit war, wie sie sein sollte. Waren das irre realistische Bilder, die uns da in die Wohnzimmer flimmerten! Jetzt war der Moment der Wahrheit gekommen und die Amerikaner meisterten ihn! Die Legende des unendlichen Raums blieb bestehen und alle Welt glaubte daran. Nicht umsonst ist die Anzahl der Star Trek- und Star Wars-Fans so riesig.

In Wahrheit schoss man die leere Saturn V-Rakete irgendwohin und drehte den Rest dann in einer riesigen Lagerhalle in den Randbezirken von Las Vegas. Es war viel zu gefährlich, irgendetwas wirklich irgendwohin oder zum Mond zu schicken. Niemand wusste doch genau, ob der Mond tatsächlich 380.000 km entfernt im All schwebte oder in unmittelbarer Nähe zur Erde an eine Sphäre angeheftet war. Und wieder geht der Dank an Kopernikus für die

Stiftung fünfhundert Jahre andauernder Verwirrung, die sich seitdem niemand zu entwirren getraut hatte.

Problematisch wurde es erst bei Apollo 13. Motiviert wie man war, beschloss man, diesmal die Astronauten in der Rakete zu lassen. Würde nicht schaden, wenn sich mal jemand dort umsieht.

„Houston, wir haben ein Problem." Ja, genau. Da hätten sich die Herren Lowell, Swigert und Haise ja fast verplappert. Das konnte man gerade noch hinbiegen, indem man die Geschichte mit dem explodierten Sauerstofftank erfand. Konnte man der Öffentlichkeit klar machen, dass Apollo 13 soeben gegen die äußerste Sphäre um die Erde gedengelt war? Also echt, nein.

Gut, dass irgendwann das Interesse der Menschheit an der bemannten Raumfahrt erlahmte. Die Film-produzenten erdachten sich wundervolle Bilder und Filme der angeblichen Raumsonden, die Raumfahrt konzentrierte sich auf den erdnahen Raum (Space Shuttle, ISS und so weiter), wo man sich einiger-maßen sicher sein konnte, dass da nichts im Weg war. Jetzt könnten uns demnächst die Chinesen einen Strich durch die Rechnung machen. Nicht nur, dass sie alles kopieren, was weder niet- noch nagelfest ist. Sie haben auch den Hang, allen anderen zu miss-trauen. Sollen sie doch ihre Teikonauten ins „All" schicken. Wenn auch ihre Raumfähre an die äußerste Sphäre knallt, werden sie dann auch diesen einen berühmten Satz kopieren und umdichten?
„Jiuquan, wir haben ein Problem."

Dein Koffer ist weg?
Nein, der ist nur woanders.

Neulich las ich in einer Zeitungsmeldung, dass jedes Jahr 1,2 Millionen Gepäckstücke verloren gehen. 1,2 Millionen Gepäckstücke gehen jedes Jahr verloren? Die erzählen uns nur, dass sie verloren gehen. Ich behaupte, dass dies nur ein Ablenkungsmanöver ist.

Welche Gepäckstücke gehen denn „verloren"?
Ist es der Rucksack des Globetrotters, der, abgesehen von seinem Flugticket, ohne Geld und Wertgegenstände um die halbe Welt reist, nur um an einem westindischen Strand eine rauschende mehrtägige Party zu feiern? Der dafür nur das allerallerallernotwendigste in seinem Rucksack mit sich führt: Ausweis, Kreditkarte, eine Broschüre mit Tipps, wie man am schnellsten die einheimischen Mädchen rumkriegt, eine weitere Broschüre mit den abgefahrensten Hinterhofkaschemmen, in denen man die einheimischen Mädchen, die man so schnell rumkriegt, überhaupt erst trifft, jede Menge Kopfschmerztabletten für das Erwachen nach der Party, die Visitenkarte eines einheimischen Anwalts, der einen wieder aus dem einheimischen Gefängnis herausholt, ein T-Shirt, vielleicht noch ein T-Shirt (man weiß ja nie, wie lang man bleiben muss) und ansonsten: Nichts. Nein, diese Rucksäcke drehen in bunter Reihe ihre Runden auf den Gepäcklaufbändern, bis sie von ihren abgerissenen Inhabern dort aufgegabelt werden.

Ist es eine der Taschen aus der riesigen Gepäcklandschaft der auswandernden Großfamilie mit vier Kindern, die zu Hause in der Schule alle ihre Probleme hatten und keine Freunde und viel zu viel fernsahen und viel zu viele Computerspiele zockten? Eine, in der gebrauchtes Geschirr mit gebrauchter Kleidung zusammen verpackt ist, weil die Kinder darauf bestanden, ihre Sachen selbst zusammenzupacken? Nein, diese Taschen kommen wohlbehalten im Container und in Kanada an. Mutti haut ihren halbwüchsigen Sprösslingen was hinter die Ohren, nachdem sie das komplette Gepäck im neuen heruntergekommenen Farmhaus in der kanadischen Einöde geöffnet hat.

Ist es der alte Koffer aus den Sechzigern mit Aufklebern von Timmendorfer Strand, dem Bodensee und aus Pisa, in dem das beigegraubeige Rentnerehepaar die sorgfältig gebügelten altmodischen Anzüge und Kleider sehr ordentlich zusammengelegt hat, nachdem sie von ihren Enkeln eine Flugreise auf die Kanaren geschenkt bekommen haben? „Ihr kommt ja sonst gar nicht mal raus hier." Nein, diese Anzüge und Kleider hängen bereits wenige Stunden später in einem riesigen Wandschrank des Hotels Casa La Arena auf Teneriffa.

Es ist der Koffer des schick gekleideten Geschäftsmanns, randvoll mit den neuesten Anzügen, toll geschnittenen Hemden, absolut coolen Krawatten und vielleicht auch noch einigen exzellenten Polo-Shirts des Labels, das gerade chic und en vogue ist. Dieser Geschäftsmann wird traurig die immer weniger werdenden Koffer auf dem Gepäckband betrachten.

Er wird die Hoffnung haben, dass sein Designerkoffer doch noch aus dieser dunklen Luke rumpelt und ihm auf dem Band entgegenschleicht.
Vergiss es, Geschäftsmann.

Es ist der Koffer des jungen und atemberaubend-arrogant daherstolzierenden Models. Sie war so leichtsinnig, diese abgefahrene Designer-Collection in ihrem Gepäck zu transportieren.
„Diesen Kurier-Unternehmen kann man ja nicht trauen. Wie die mit den Paketen umgehen, also ehrlich. Nein, nein, nein. Ich bestehe darauf, ich bringe die Fummel selber mit."
Siehste, und das haste jetzt davon.

Es sind die Schrankkoffer der neuesten Band-Sensation am Pop-Himmel. Erste Auslandstournee, eine Million Platten und zehn oder hundert Millionen Downloads verkauft. Und für die Bühne eine ganze LKW-Ladung Klamotten, die den meist jugendlichen Fans bei jedem Auftritt diese Muss-ich-unbedingt-haben-Augen auf die jungen Gesichter flasht und deren Eltern später aschfahl beim Blick auf die Preis-schilder werden lässt. Jeder verschwundene Schrank-koffer ist also Balsam auf Elternseelen irgendwo auf dieser Welt.

Und wo bleiben all diese Gepäckstücke? Warum tauchen sie nie wieder auf?
Noch nicht einmal auf einem Flugplatz mit Lehmpiste im hintersten Winkel Afrikas oder Amazoniens, auf dem nur abgehalfterte Frachtmaschinen landen?

Ganz einfach, kommen Sie mal ein Stück näher, dann verrate ich Ihnen ein Geheimnis. He, nicht so auffällig. Ich habe es von einem Flughafenangestellten erfahren, unter dem unbedingten Siegel der Verschwiegenheit. Also: Psst, ich zähle auf Sie.

Wer glaubt denn ernsthaft, dass die Durchleuchte-Apparate in den Flughäfen nur der Sicherheit dienen? Jedes, aber auch jedes Gepäckstück wandert durch diese Kästen, alles ist in wunderschönsten Farben zu sehen. Der Sicherheitsaspekt ist dabei nicht völlig von der Hand zu weisen. Aber zum einen sind die Gepäck-Beobachte-Stellen bei Zeitgenossen sehr beliebt, denen total einer abgeht, die Unterwäsche fremder Menschen zu betrachten und auch noch Geld dafür zu bekommen. Und zum anderen (jetzt kommen wir zu des Pudels Kern) können Sie ganz sicher sein, dass von den Beamten an den Bildschirmen wenigsten einer nicht von der Erde stammt. Seine Vorfahren vielleicht, die irgendwann auf der Suche nach fernen Welten diesen Planeten verlassen haben. Aber er ist nur zurückgekehrt, um den Einklauf für seinen neuen Heimatplaneten zu organisieren.

Auf sein unauffälliges Zeichen hin verschwinden die Koffer und Taschen mit den Artikeln, die daheim gerade zu schwindelerregenden Preisen vertickt werden können, in den Tiefen des Gepäcktransportlabyrinths an einer bestimmten, schwer einsehbaren Weiche. Sie gelangen in einen so geheimen Raum, dass der Architekt des Flughafens sofort graue Haare bekäme, wenn er wüsste, was hier alles nachträglich eingebaut wurde. Irgendwann, vielleicht nachts, wenn alles schläft oder im Sommer auch gerade im größten

Start- und Landegetümmel steigt dann ein Raum-gleiter blitzschnell aus der Mitte des Flughafens auf, flitzt zur nächsten Hyperraum-Schleuse und ist so was von auf und davon.

Sollten Sie Geschäftsmann sein, mit einem Model verheiratet und Ihr ältester Sohn ist gerade kurz davor, in seiner Next-Superstar-Popmusik-Karriere seinen Verstand zu verlieren und sie wissen überhaupt nicht mehr wohin mit den ganzen Millionen, dann wundern Sie sich später bei ihrer ersten interstellaren Reise nicht. Sobald Sie auf irgendeinem, von „Menschen" bewohnten Planeten ankommen, werden ihnen viele Kleidungsdetails angenehm vertraut vorkommen. Und ja: Das könnten Ihre Anzüge gewesen sein.

Bleibt nur die Frage: Wo bleiben die Millionen Gepäckstücke, die zwar angeblich in die Raumgleiter eingeladen werden, aber auf dem Zielplaneten nie an-kommen? Ganz ehrlich? Keine Ahnung. Kennt jemand vielleicht einen Flughafenbeamten eines extraterrestischen Raumhafens? Dann fragen Sie ihn bitte und erzählen Sie es mir bei Gelegenheit. Keine Sorge, ich kann schweigen!

Is intelligent life down there?

Viele Menschen glauben, dass das Zeitalter des interstellaren Reisens unmittelbar bevorsteht.

Viele Menschen glauben dies schon seit längerer Zeit, aber das soll nicht unser heutiges Thema sein.

Wenige Menschen wissen, dass dieses Zeitalter bereits begonnen hat. Ich bin auf undurchsichtigen Wegen, die ebenfalls nicht das heutige Thema sind, in den Besitz des Protokolls einer solchen interstellaren Reise gekommen. Es ist eigentlich weniger ein Protokoll als vielmehr das private Tagebuch eines der drei Forschungsreisenden. Der gesamte Text ist zu lang, um an dieser Stelle komplett abgedruckt zu werden. Ich habe mir also für Sie, liebe Leserinnen und Leser, die Mühe gemacht, aus dem gesamten Tagebuch die Passagen herauszufiltern (um nicht zu sagen abzukupfern), die recht unterhaltsam sind.

Also, los geht's:

... noch 14 Tage bis zum Start.
Mein Name ist Janusz Tomaszeinski, Forschungsoffizier der ersten interstellaren Expedition unserer vereinigten Raumfahrtorganisationen (ich glaube, ich kürze das besser ab, also: VeRO). Heute ging das Auswahlverfahren für die Expedition Intervol zu Ende. Mann, die haben mich echt ausgewählt! Ich bin dabei, ich bin dabei! Monatelange Arbeit und Vortäuschung immensen Wissens haben mich jetzt ans Ziel gebracht. Gleich kommen die anderen beiden

Kollegen vorbei: Antti Pivonen und Josh Vonntomski. Heute können wir es noch mal so richtig krachen lassen. Ab morgen sperren die uns in das Vorbereitungscamp. Dann ist Schluss mit lustig. Also: Prost!...

... *noch 13 Tage bis zum Start.*
Krachen lassen. Ja, das war erfolgreich. Warum müssen wir Jungs uns eigentlich immer prügeln, bevor wir Freunde werden? Zuerst gab es einen Streit wegen irgendeiner Nichtigkeit zwischen Antti und Josh. Sofort gingen sich die beiden gegenseitig an den Kragen. Ich natürlich dazwischen, so dass sich die beiden gegen mich verbündeten, um mir ein paar zu verpassen. Auf unsere Rangelei wurden alle anderen Besucher der Bar aufmerksam und griffen uns an. Was konnte uns besseres passieren? Der kleine Streit war vergessen, wir kämpften uns gemeinsam durch den Mob (ohne zu zahlen: Gut dass wir im Camp eingeschlossen sind. Ha ha!) und waren auf und davon. Arm in Arm in Arm zurück in die Akademie. That's what friends are for. Oder etwa nicht? Morgen beginnt die Einweisung für unsere Mission. Bin gespannt, wie sehr sich die anderen beiden freuen!

... *noch 12 Tage bis zum Start.*
Die meinen das echt Ernst hier. Unter Androhung, jeden aus der Expedition zu werfen, der nicht den Mund hält und darüber hinaus, ihn so lange wie nötig aus dem Verkehr zu ziehen, hat man uns zur Verschwiegenheit verpflichtet. Einzelheiten über unsere Reise gibt es für die Außenwelt also erst, wenn die Rakete durch die Decke gegangen ist.

Ach, die beiden. Ja, wir trafen uns direkt am Morgen im Frühstücksraum. Drei Blicke und uns war klar, dass wir uns zwar nicht gesucht, aber auf jeden Fall gefunden haben. Das wird ein cooler Trip.

... noch 8 Tage bis zum Start.
Informationen, Informationen, Informationen. Uns rauchen die Schädel. Und das Schlimmste ist: Wir können mit niemandem darüber reden. Das frisst schon an einem. Jetzt kann man nicht mal damit angeben, wo es hingeht. Und wenn es veröffentlicht wird, schweben (oder rasen) wir bereits durch den Metaraum und wir bekommen nicht mit, wie alle neidisch auf uns sind. Darauf einen Vdqqa. Alkohol ist zwar verboten, aber jeder von uns hat es geschafft, einen kleinen Vorrat mit ins Camp zu schmuggeln. Freunde im Geiste, schon vor dem ersten Treffen!

... noch 7 Tage bis zum Start.
Mist, Vdqqa entdeckt, tierischen Ärger bekommen. Das Dumme (für die) und das Gute (für uns drei) ist, dass die Vorbereitungen bereits so weit fortgeschritten und auf uns zugeschnitten sind, dass man die Expedition jetzt unmöglich abbrechen kann. Das ganze gipfelte in einer riesigen Standpauke des Präsidenten. Bleib cool, Mann. Wir stehen aber so was von hinter der Expedition. Und nur weil wir mal zusammen einen nehmen wollten, heißt es doch nicht, dass wir keine ernsthaften Wissenschaftler sind. Na ja, als ich das dem Präsidenten locker ins Gesicht gesagt habe, ist er erst ganz still geworden, dann begann er zu brodeln, dann schrie er sich dumm und dusselig, dann wurde er wieder ganz still und zitterte und wurde von

seiner Präsidentengarde weggebracht. Muss ich mir Sorgen machen? Ach nö. Wir haben andere Probleme.

... noch 1 Tag bis zum Start.

Jetzt geht es nicht mehr zurück. Wir haben endlich die Raumanzüge anprobiert. Natürlich nicht nur einmal, sondern so lange, bis man mit verbundenen Augen hineingefunden hat. Ist ja lächerlich, oder? Im Metaraum verbindet Dir keiner die Augen und außerdem, wenn Du x Lichtjahre von zu Hause weg bist, ist es natürlich klasse, wenn Du in Deinem Raumanzug noch ein paar Stunden länger rumschwebst, bevor Dir die Luft ausgeht. Sarkasmus? Na klar, was denn sonst vor so einer Höllentour!

... noch 0 Tage bis zum Start.

Oder anders gesagt: Jetzt geht's lohoos! In Kürze holen sie uns ab, Kamerateams dabei, die jeden dieser historischen Momente festhalten sollen. Dann geht's in die Kantine, lecker Drei-Gänge-Menü, ein letzter Rotwein. Gestern haben sie uns tatsächlich nach unseren Wünschen dafür gefragt.

Warum erinnert mich das an Delinquenten vor der Hinrichtung? Okay, liebe Leute, ich fahr das Sarkasmus-Niveau ein wenig herunter. Es wird schon alles gut werden.

Danach gehen wir noch mal alle auf's Klo und dann fliegen wir los. Ab in die Rakete und wir werden mit dem Kopf nach unten wie die Fledermäuse aufgehängt. Mann, warum baut denn niemand Raketen und Raumkapseln, in denen man gemütlich in ergonomisch angepassten Sesseln abhängen kann? Ich glaube, die ganzen Ingenieure saßen noch nie in einer Rakete, die sie selbst entwickelt hatten.

Wahrscheinlich ist es nur ihr Neid, dass wir coolen Raumfahrer den ganzen Ruhm ernten und sich kein Aas dafür interessiert, wer die Raumschiffe gebaut hat.

Anflug von Sentimentalität: An dieser Stelle möchte ich allen Ingenieuren, Wissenschaftlern und Raumschiffbauern für ihre unermüdliche Kreativität danken. Danke! Danke! Danke! Und hoffentlich hält Eure Konstruktion für Intervol den Belastungen im Metaraum stand. Andererseits, wenn's schief geht: Euch trifft es ja nicht, ihr feigen Ratten! Oh, es klopft. Jetzt geht's aber wirklich los!!

... *Immer noch 0 Tage bis zum Start.*

So, jetzt haben sie es gemacht. Ich hänge mit dem Kopf nach unten in der Intervol, Josh und Antti neben mir. Man könnte sich ja einfach nur aufregen, oder? Start ist um 20:00 und wann sollen wir einsteigen? 15:00!!!!! Jetzt hängen wir noch 5 Stunden untätig in diesem Blechkasten und können uns ganz gepflegt gegenseitig auf die Nerven gehen.

Gut, dass ich mein elektronisches Tagebuch in Reichweite habe. So vergehen wenigstens einige Momente mit Lesen der alten Einträge und Schreiben dieses hier. Oh Mann, die beiden stressen schon wieder und andauernd fragt Flight Control, ob alles „Roger" ist. Freunde, ihr seid doch noch online verbunden. Checkt es doch selbst, also echt!!! Erst in ein paar Stunden seid Ihr auf Gedeih und Verderb auf unsere Informationen angewiesen.

Macht!! Zumindest ein wenig davon haben wir dann. Wenn wir die Karre hier zu Schrott fliegen, trifft es ja eh nur uns drei...

*... **Start!!!!!.***

Also, wenn ich es nicht selbst erlebt hätte... Es gibt nichts Geileres als einen Raketenstart!

Erst grummelt es tief unter Dir, wenn die Triebwerke angeworfen werden, dann vibriert alles wie verrückt, dann ruckelt es, als ob es die Rakete zerreißt und dann löst sich das ganze Gebilde langsam von der Oberfläche und steigt in den Himmel. Erst ganz langsam, dass Du denkst, in einer Straßenbahn kämst Du schneller voran. Aber dann drückt es Dir das Hirn ganz hinten an die Schädeldecke vor lauter Beschleunigung. Gut, dass Flight Control jetzt erst einmal alle Funktionen steuert. Ich könnte keinen der vielen bunten Knöpfe vor mir auch nur berühren. Meine Arme scheinen jeweils hundert Kilo zu wiegen. Antti und Josh geht es genauso wie mir. Wir können zwar kaum die Köpfe drehen, aber Reden geht natürlich irgendwie...

Jetzt, da wir scheinbar nicht beim Start verglühen, kann ich auch das geheime Ziel unserer Reise verraten. Wir sind auf dem Weg zur nächsten Metaraumschleuse, dann durch diesen irren Metaraumtunnel und wir kommen in der Nähe des Sterns Sol wieder in das real existierende Universum zurück. Also, wenn alles gut geht. Wenn nicht... endet das Tagebuch hier.

*... **1. Tag der Expedition.***

Ich schreibe noch. Wir leben noch. Sieht ganz so aus, oder? Wenn dieses Raumschiff nicht nur in meiner Fantasie existiert, befinden wir uns im Metaraum.

Durch die Fenster kann ich nichts erkennen, da sehe ich nur tintenschwarzes Nichts. Sind wir tot?

Ich glaube nicht. Antti und Josh meckern ziemlich und auch ich habe das Mit-dem-Kopf-nach-unten-Hängen irre satt, das trotz Schwerelosigkeit bis zum Austritt aus dem Metaraum angeordnet ist.

Freunde, selbst Lesen und Schreiben macht keinen Spaß mehr. Liebes Tagebuch, Du bekommst den nächsten Eintrag, wenn ich mich endlich wieder bewegen kann...

... 2.-5. Tag der Expedition.

Langeweile, Langeweile, Langeweile... Wer hätte gedacht, dass das Reisen im Metaraum solche eine extrem öde Angelegenheit ist? Man sieht nichts, man hat keinen Funkkontakt, es ist einfach nur fürchterlich LANGWEILIG!!!!

... 6. Tag der Expedition.

Das ist wohl das Ende der Langeweile. Plötzlich und unerwartet ruckte es unglaublich heftig durch das gesamte Schiff. Wir dachten für einen Moment, die Kiste würde in tausend Stücke gerissen. Aber nichts da! Nach Tagen der diffusen Dunkelheit spuckte uns der Metaraumtunnel aus.

Wie sehr ich doch den Anblick der Sterne vermisst hatte!

Wie doch die Sterne hier am Ziel so komplett anders aussehen als zu Hause!

Darüber kann man vorher tagelang nachdenken (in diesem verflixten Raumschiff macht man ja eh nichts anderes). Aber wenn man den Tunnel verlässt, trifft einen die Realität so hart, als ob man einen vorbei-startenden Überschalljet durch simples An-der-Trag-fläche-Festhalten stoppen will.

Minutenlang war eine lähmende Stille zu Gast bei uns Dreien. Aus mehreren Gründen. Zum einen wurde uns plötzlich klar, dass wir uuuuuuuunendlich weit von zu Hause entfernt sind und komplett auf uns gestellt, denn die Funkverbindung ist im Moment tot wie das Skelett eines Verdursteten nach 20 Jahren in der Wüste. Zum anderen sind wir die ersten, die dieses fremde und geheimnisvolle Sternensystem mit eigenen Augen sehen. Na ja, sehen ist heute noch ziemlich übertrieben. Das Zentralgestirn ist als kleiner, heller Fleck gerade mal vom Sternenhintergrund zu unterscheiden, wenn man weiß, wo es sein soll. Ich hoffe, unsere Karten und Berechnungen stimmen, ansonsten: Good bye baby.

Planeten sehen? Mann, wir schleichen uns über den Hinterhof in das System. Die Planeten diesseits des Zentralgestirns drehen uns ihre Schattenseite zu. Die in der anderen Hälfte sind irgendwo im Dunkel des Raums verborgen.

Angst?
Wir drei sahen uns an.
Wir wussten, was die jeweils anderen beiden dachten.
Wir fühlten, vor welcher bahnbrechenden und historischen Mission wir standen.
Also: Wir hatten eine verfluchtverdammte Riesenangst, dass man damit sämtliche Innen- und Aussenwände der Intervol dreimal tapezieren könnte.
Echt jetzt…

… 7. Tag der Expedition.

Den ganzen Tag mit Josh und Antti über unsere Mission diskutiert. Die Experten daheim waren sich ihrer Sache wohl doch nicht so sicher. Wie kommen die eigentlich mit derart vagen Angaben an sämtlichen Kommissionen vorbei?

„Der Stern Sol im Sternbild ... bla bla bla… berechtigt zur Annahme, dass auf einem seiner Planeten… bla bla bla… ist absolut wahrscheinlich, sollte aber vor Ort… bla bla bla… der zweite, der dritte oder der vierte… bla bla bla… ist nicht absolut genau zu beobachten, kann aber gar nicht anders…"

Und dann sitzen wir drei tapferen Raumfahrer, die zum ersten Mal in der Geschichte unserer Völker den Metaraumtunnel durchschritten haben, in unserem Schiff und diskutieren wie die Dorfbürgermeister. Wer glaubt das denn? In allen Actionfilmen nehmen die Helden das Heft in die Hand und ziehen ihr Ding gnadenlos durch. Wir drei können uns nicht einmal auf Größe und Format des Hefts einigen. Bin beleidigt und gehe schlafen. Zumindest haben wir uns aus unserer Fledermausaufhängung befreien können. Gute Nacht.

… 8. Tag der Expedition.

Gut, die beiden waren auch beleidigt. Wie durch ein Wunder haben wir uns heute früh plötzlich geeinigt. Logik siegt, oder auch nur die Bequemlichkeit. Wir starten mit dem Planeten Sol 4. Sol 1 sieht aus wie eine verkohlte Billardkugel, die zu lange im Backofen lag. Sol 2 und Sol 3 befinden sich im Moment jenseits des Sterns. Somit liegt Sol 4 genau auf unserer Reiseroute. Alle anderen Planeten des Systems sollen ja nach unseren Experten absolut lebensfeindlich sein. Augen zu und durch. Sol 4 hat eine sehr einladende rote Farbe. Mit seinen beiden gefrorenen Polkappen sieht er aus wie eine Kugel Kirscheis, auf die ein neckischer Eisverkäufer oben und unten jeweils ein Sahnehäubchen gekleckst hat. Einfach nur, um der Schwerkraft zu zeigen, was er genau von ihr hält. Hey ho, let's go!

... 26. Tag der Expedition.

Das Fliegen im Metaraum ist ja durchaus eine öde Angelegenheit. Wie sagt man bei uns zu Hause: Langweiliger als Angeln ist nur noch, jemandem beim Angeln zuzusehen. Das mag durchaus so sein. Aber darüber steht der finstere Metaraumtunnel, in dem Du gar nix siehst und gar nix machen kannst, da das Schiff von alleine seinen vorherprogrammierten Flug findet. Selber steuern? Ha, vergiß es, mein Freund. Bei der irrsinnigen Geschwindigkeit legt das Schiff zwischen Beginn eines Gedankens und dessen Ende eine Strecke von mehreren Sonnensystemen zurück. Selbst wenn Dein Gedanke nicht länger als „Hm, links ausweichen oder rechts ausweichen?" ist.
Bevor Du diesen Gedanken zu Ende gedacht hast, hat sich Dein Schiff schon bis in den Kern des übernächsten Sterns gebohrt.
Daher ist im Metaraum das erste Gebot: Hände weg von allem!
Ein zweites Gebot gibt es nicht. Befolgst du das erste, leitet Dich Dein Schiff zur Belohnung zur vorausberechneten Metaraumschleuse. Befolgst Du es nicht, ist eh alles egal, weil Du eine Nanosekunde später Sternenstaub bist. Du Unglückseliger und Dein Schiff.

Da wir alle brave und lustige Astronauten sind, schwebten wir vor zwei bis drei Wochen am Rand des zu erforschenden Sternensystems. Die weitere Reise

mussten wir mit herkömmlichem Antrieb zurück-
legen. Mann, war das erst mal eine langwierige,
megaöde Angelegenheit, diese Schleicherei.

Du wachst morgens auf (mit morgens meine ich den
Zeitpunkt, den Dir das Bordcomputersystem in dieser
Finsternis als „morgens" vorgaukelt), schaust durch
die Fenster und alle Sterne scheinen bis auf eine
spinnenbeindürre Winzigkeit noch an derselben Stelle
zu hängen wie am Abend zuvor.

Wenn Du dann anfängst, darüber nachzudenken, wie
viele spinnenbeindürre Winzigkeiten das Ziel noch
entfernt ist, dann möchtest Du am liebsten sehr laut
schreiend durch das Schiff rennen.

Ha. Geht ja gar nicht! Hier nix Schwerkraft,
verdammt, verdammt. Laut schreiend und schwerelos
durch das Schiff zu schweben ist nicht ganz un-
gefährlich. Stößt Du Dich vorne links kräftig ab,
knallst Du hinten rechts ungebremst gegen die Wand.
Das hat nicht den gleichen Stress-Abbau-Effekt wie
selbständiges Rennen. Also, lass es. Und glaub mir:
Wir haben es versucht und wissen, wovon wir reden.

… 78. Tag der Expedition.

Wir haben die letzten Wochen mit Kartenspielen
verbracht. Mittlerweile hat jeder von uns bei den
anderen beiden Spielschulden, von denen man sich
ganze Galaxien kaufen könnte.

Mal sehen, wenn wir das hier überstehen, machen wir
das vielleicht auch. Es gibt da eine Galaxie hinter dem
Pferdekopfnebel, die würde mir schon gut zu Gesicht
stehen.

Genug gefaulenzt. Nachdem uns jetzt auch das Kartenspielen ganz gehörig auf die Nerven geht, hat Josh

vorgeschlagen, mal den Status des Schiffs zu überprüfen. Ewig wird unsere Intervol-Schnecke ja nicht mehr durch dieses Planetensystem schleichen. Vor einigen Tagen sahen wir backbord einen großen mehrfarbigen Planeten, dessen Oberfläche von einem riesengroßen roten Wirbelsturm beherrscht wird. Freunde, da hat's doch mal Spaß gemacht, die Teleskope, Kameras und alle anderen optischen Geräte auszuprobieren. Wie ist doch solch eine Kugel in beige, hellumbra und rot eine gelungene Abwechselung für das Auge. Wir sind ja nur noch die Schwärze der immerwährenden Nacht mit einigen verschämten hellen Lichtpunkten gewohnt.

Unserem Plan nach war dies Sol 6. Sol 5 hat irgendjemand vor Urzeiten vor die Wand gefahren, von ihm ist nur noch ein riesiger Ring aus Staub, Gesteinsteilchen und undefinierbaren Felsbrocken auf der ursprünglichen Umlaufbahn übrig geblieben. He, gebt es ruhig zu. Ist da jemand zu hastig aus der Metaraumschleuse gerast und wurde einen Moment später unfreiwillig bei der Explosion des Planeten, auf den er traf, gestoppt und gleichzeitig pulverisiert? Na, was geht's uns an! Dahinter liegt Sol 4. Alle Objektive in die Richtung, in der unser Ziel liegt.

Ach ja, der Status des Schiffs. Auch das ging ziemlich schnell. Die alte Kiste hat bisher so gut wie keine Schäden davongetragen. Das einzige, womit sich mal dringend jemand beschäftigen müsste, ist die Kommunikationsanlage. Eigentlich sollte sie mittels MetaOnlineBroadcastInvertLinear-Funk (ach, lasst es uns abkürzen: Mobil-Funk) funktionieren.

Drei Wissenschaftler-Augenpaare blicken sich abwechselnd stumm an. Jeder kann die Gedanken der beiden anderen beinahe mit Händen fassen:

„Mach Du's."

„Ich kann das nicht."

„Eigentlich könnte ich schon, aber Lust hab ich keine."

„Verdammt, jetzt sag doch mal einer was hier!"

Da wir alle drei sehr geduldige Menschen sind, haben wir das Thema durch simples Ignorieren zu Boden gerungen. Dort liegt es seit heute und kommt nicht mehr hoch.

... 82. Tag der Expedition.

Wir haben unser erstes Ziel erreicht: Eine Umlaufbahn um Sol 4. Komische Planeten sind das hier. Die einen haben Monde ohne Ende. Schöne runde Monde in den schillerndsten Farben.

Und dieser Planet hier? Zwei!! In Worten: Zwei!!! Monde. Und was für missratene Dinger. Kugelrund? Vergiss es. Das sind die am wenigsten runden Monde, die Du Dir vorstellen kannst.

Zwei Felsbrocken von der Abbruchhalde. Also nein. Ihr habt auch noch gar nichts vom Planetendesign gehört, oder?

Hallo, da unten auf diesem roten Planeten? Ist da überhaupt jemand? Haaaaallooooooo!!!

... 83. Tag der Expedition.

Jetzt wäre es doch gut, wenn wir über Mobil-Funk Kontakt mit VeRO haben würden.

Aber man ahnt ja nicht, wie stur drei Wissenschaftler sein können:

„Nö, das ist nicht mein Fachbereich."

„Mach Du's doch. Aber wehe, es funktioniert dann nicht."

Ich habe mir schon heimlich die Pläne der Anlage angesehen. Vielleicht repariere ich das Ding, wenn die anderen beiden abgelenkt sind. Aber nur vielleicht...

Wie gesagt, wenn wir Kontakt mit VeRO haben würden, könnten die uns sagen, was wir machen sollen. So sind wir gezwungen, uns selbst was auszudenken. Na, wir sind ja drei helle Köpfe und muntere Kerlchen. Morgen schauen wir uns mal an, was wir an Geräten in den Lagerräumen haben.
Jetzt rächt es sich doch ein wenig, dass wir den ganzen Flug mit Kartenspielen vertrödelt haben.

Pflichtbewusste Disziplin? Na ja, wenn Dich keiner kontrolliert und Du unendlich weit von Deinen Vorgesetzten entfernt bist, dann schleifen die Zügel der Disziplin halt ein wenig. Sie schleifen nicht nur, sie hängen richtig durch. So weit durch, dass sich Deine Füße darin verheddern und Dich in der Schwerelosigkeit zu irrsinnigen Pirouetten um alle möglichen Achsen bringen.
Klingt lustig, ist es aber nicht.
Was ich eigentlich sagen will, erzählt es aber nicht weiter: Aus drei ambitionierten Wissenschaftlern, die Bahnbrechendes erreichen wollen, sind drei unheimlich bequeme Faulpelze geworden.
Darüber müssen wir unbedingt diskutieren...
Morgen... Heute hat da keiner mehr Lust zu...

... 85. Tag der Expedition.

Hat dann doch zwei Tage gedauert. Gestern war unsere Motivation zu Diskussionen oder irgendwelchen Tätigkeiten unter Null gewesen. Zumindest darüber waren wir uns einig. Wenn ich mich hier im Raumschiff umsehe, dann fallen mir die Worte meiner Mutter ein: „Junge, räum doch mal auf. Wie das hier aussieht!"
Wer hätte gedacht, dass drei hochtalentierte Wissenschaftler ein hypermodernes Raumschiff in deutlich weniger als 100 Tagen in eine völlig verwahrloste Studenten-WG verwandeln können?

Zumindest werde ich mit der Reparatur des Mobil-Funks warten, bis einer von uns oder zwei von uns oder meinetwegen wir auch alle zusammen das Schiff wieder in einen Zustand versetzt haben, der dem vom Startzeitpunkt einigermaßen ähnlich ist. Schließlich haben wir eine Menge Kameras an Bord, die dann jedes Bild in brillianten Farben nach Hause senden können.
Wenn der Präsident sieht, was wir aus dem Stolz seiner Amtszeit gemacht haben, würde er uns in seinem Jähzorn mit Sicherheit seine Garde hinterherschicken, damit die uns kurz und klein haut.

Also, wir hatten eine ernsthafte Diskussion, auch wenn sie nur wenige Augenblicke andauerte.
Zumindest sind wir uns jetzt einig, mit der wissenschaftlichen Arbeit zu beginnen. Morgen...

... 86. Tag der Expedition.

Bevor irgendjemand wieder nach dem Frühstück zurück in seine Schlafkammer schleicht, habe ich bereits sehr früh die notwenigen Geräte in Position gebracht. Josh und Antti scheinen mir dafür recht dankbar zu sein, natürlich sagen sie es nicht. Aber wir haben zusammen unsere wissenschaftlichen Arbeiten aufgenommen. Die Planetenoberfläche fotografiert, gefilmt, gescannt, einen kleinen Satelliten in eine Umlaufbahn gesetzt, einen kleinen Landeroboter auf die Oberfläche geschickt. Wie schnell doch ein Tag umgeht, wenn man was zu tun hat.

Morgen werden wir uns mal die Ergebnisse ansehen. Bin gespannt, was die Bewohner dieser Kirscheiskugel so alles auf die Beine gestellt haben.

... 87. Tag der Expedition.

Die Kirscheiskugel ist wohl doch nur eine verdorrte, verrostete Steinwüste. Wer auch immer diesen Planeten bewohnt hatte, er ist zum einen nicht mehr da und hat zum anderen seine Welt völlig verhunzt. Steine, Sand und Trümmer, so weit das Roboterauge reicht. Die Suche konnten wir schnell beenden. Irgendwie hat sich das Interesse an diesem Planeten bei uns allen Dreien sehr schnell in derart dünne Luft aufgelöst, wie wir sie in dessen Atmosphäre gemessen haben.

Wir haben noch ein paar fremde Sonden und Erkundungsroboter entdeckt, die ihre kleinen Kreise auf der Oberfläche drehen. Primitive kleine Dinger, mit dem Erkundungsradius eines Bierdeckels.

Scheinbar sind wir nicht die ersten, die von außerhalb kommend einen Blick auf diesen Planeten werfen. Mehr als ein verschämter Blick ist mit diesen komischen Roböterchen auch nicht möglich.

Also, Mädels, der Plan für die nächsten Tage: Raumschiff putzen, Forschungsberichte schreiben, jemand sollte den Mobil-Funk reparieren (ich sehe schon, dass ich derjenige bin...), damit wir mal ein ordentliches Lebenszeichen nach Hause schicken können. Sonst denken die noch, wir wären hier auf Kegeltour im Nirgendwo.

... 96. Tag der Expedition.

Nein, was war das für ein Gemecker und Gestreite, bis unser Schiff wieder auf Vordermann war.

Die Berichte gingen uns schnell von der Hand. Von vielen Fotos der rostroten Planetenoberfläche abgesehen gibt es auch nicht viel zu berichten. Die Diskussionen, von wem welcher Müll stammte und wer was kaputt gemacht hatte, wurden dagegen am Ende fast handgreiflich geführt.

Bei der nächsten Expedition bestehe ich auf einen Hausmeister und eine Putzfrau in der Mannschaft, also ehrlich.

... 98. Tag der Expedition.

Spaß beiseite, die Reise geht jetzt weiter. Unser nächstes Ziel ist Sol 2. Wenn wir den drei Planeten, die noch ausstehen, auf Ihrer Umlaufbahn entgegenfliegen, ist dies der erste, dem wir begegnen. Jetzt haben wir bereits so viel Zeit verplempert, dass wir mal ein wenig Aktivität vortäuschen müssen. Heute kamen die ersten Reaktionen auf unsere bisherigen Berichte, die wir vorgestern abgeschickt hatten.

Wir hatten ja schon mit einer Menge, nun ja, sagen wir mal, unbequemen Rückfragen gerechnet.

Der Präsident hatte es eigentlich am treffendsten zusammengefasst:

„Was um alles in allen Welten macht Ihr Clowns da eigentlich???"

Bei allen sachlichen Rückfragen von VeRO schwang irgendwie die unterschwellige Mitteilung „Also, da hätten wir ein wenig mehr erwartet." mit. Hey Leute, wenn ihr meint, ihr könnt das besser, kommt her und löst uns ab. Wir haben uns diese ösigen Planeten hier schließlich nicht ausgesucht, das wart Ihr! Seltsamerweise fiel bei notwendigen Wartungsarbeiten am Mobil-Funk die Kommunikationsanlage wieder aus. Lag es daran, dass wir zu dritt an dem Ding herumfummelten?

Wahrscheinlich werden wir dies niemals ganz genau ergründen können.

Na, die Ruhe wurde von uns Dreien jedenfalls mit einem gemeinschaftlichen zufriedenen Lächeln begrüßt. Ich wette eine der beim Kartenspiel gewonnenen Galaxien, dass es unheimlich lange dauern wird, bis einer von uns den Schraubschlüssel in die Hand nimmt, um die drei Ersatzteile, die plötzlich und völlig unerklärlicherweise fehlen, wieder einzubauen…

… 103. Tag der Expedition.

Sol 2 in Sicht. Na, das ist ja mal ein imposanter Anblick!

Wolken, Berge von Wolken! Das nenn' ich mal eine Atmosphäre! Wir sind alle drei der gleichen Meinung: Das ist ein Treffer! Wir denken, dass wir den letzten

Planeten fast schon hinten von der Liste segeln lassen können. Also, wenn sich auf diesem vortrefflichen Planeten kein Leben, kein hochentwickeltes Leben und zivilisiertes kultiviertes Leben entwickelt hat, wo denn dann?

Etwa auf dieser blauen Kugel, die wir als Sol 3 kennen? Ha, wer's glaubt. Nee, Sol 2 ist unser absoluter Favorit.

Wie gesagt, wir wollen ein wenig Zeit gewinnen. Irgendwann werden wir auch den Mobil-Funk wieder reparieren (müssen) und dann wird man uns nach Ergebnissen fragen. Wenn die nicht gut sind, können wir uns einen netten Planeten zwischen hier und zu Hause suchen, auf dem wir eine Dreier-Kommune aufmachen. Ohne Ergebnisse brauchen wir gar nicht zurück durch den Metatunnel. Die machen uns sofort unschädlich, sobald wir daheim auftauchen.

Also, keine Zeit verlieren mit Spektralanalysen, Messungen des Luftdrucks und der Windgeschwindigkeiten, Analyse des Aufbaus der Atmosphäre und der Wolkendichte und diesen ganzen anderen Dingen, mit denen sich feige Wissenschaftler sonst immer absichern. Wir zäumen das Pferd mal locker von hinten auf, schicken unseren Landeroboter auf die Oberfläche, nehmen Kontakt zur Bevölkerung des Planeten auf (kann ja nicht so schwer sein), fotografieren und filmen alles, bis die Objektive glühen und schicken dann die Bilder und Filme mit einer triumphalen Botschaft nach Hause… Sobald wir die drei Ersatzteile wieder in die Kommunikationsanlage eingesetzt haben. Okay, und die Messungen holen wir dann nach der Landung nach.

Oder, noch besser: Wir lassen uns die Ergebnisse von den dortigen Wissenschaftlern geben.

Man muss das Rad ja nicht zweimal erfinden, oder?

Mann, sind wir gut. Das muss gefeiert werden. Zufällig haben wir jeder noch einen kleinen Vorrat Vdqqa mitgeschmuggelt. Wir wussten alle, dass dieser sensationelle Erfolg nur eine Frage der Zeit ist.

... 104. Tag der Expedition.

Ernüchterung...

Liebes Tagebuch, meine Hände zittern vor Enttäuschung.

Hat man jemals einen Landeroboter gesehen, der ein jämmerlicheres Ende gefunden hat?

Erst wurde er in einem gigantischen Sturm in der Atmosphäre von Sol 2 brutal und heftig durcheinandergeschüttelt, so dass die ersten Geräte abbrachen.

Dann schmolz in der Glutofentemperatur des Planeten die äußere Hülle inklusive Hitzeschild.

Dann presste der Luftdruck den Rest der inneren Hülle zusammen, wie eine Ameise unter einem Elefantenfuß zerquetscht wird.

Dann knallte der Rest des Roboters mit höchstem Tempo auf die Oberfläche.

Dann war Stille...

Keine Fotos, keine Messungen, gar nix!!!

Mann, hätten wir gestern mal ein wenig Vdqqa übrigbehalten. Den hätten wir heute nach dieser Pleite echt besser gebrauchen können. Was machen wir denn jetzt? Müssen wir echt noch zu Sol 3 fliegen? Ich hatte im Stillen schon die Tage bis zur Landung zu Hause gezählt.

... 117. Tag der Expedition.

Sol 3 ist ein rotierender Müllhaufen. Keine Ahnung, ob unser nächster Landeroboter durch diesen Satellitenmüll einen Weg findet, ohne das gleiche miese Ende zu finden wie sein Kollege auf Sol 2.

Andererseits, man sagt ja, aller guten Dinge sind drei. Aller schlechten Dinge eigentlich auch?

Ganz ehrlich, wir haben keinen Bock mehr.

Jetzt kreisen wir bereits zwei Tage um diesen blauen Planeten mit der unglaublich dünnen Wolkendecke. Selbst in unserer sehr hohen Umlaufbahn müssen wir höllisch aufpassen, dass wir nicht mit irgendwelchen primitiven Satelliten zusammenrasseln. Wie lange die wohl hier oben schon vor sich hintreiben? So simple Dinger, die sind bei uns schon seit Jahrtausenden aus der Mode.

Auch auf der Oberfläche scheint man Unmengen von schrottigen Kommunikationsanlagen gelagert zu haben. Wir empfangen einen derartigen Datenmüll und ein Sprachchaos, das kann doch nicht normal sein. Das kann nur von Sendern stammen, die selbständig und ohne Kontrolle alles wiederholen, was man ihnen aufgetragen hatte. Wiederholungen, Wiederholungen, Wiederholungen.

Wie können Völker nur auf derart engem Raum zusammengelebt haben, ohne eine gemeinsame Sprache zu finden? Wenn's also schon an der Sprache scheiterte, möchte man über gemeinsame Projekte gar nicht erst nachdenken, oder?

... 118. Tag der Expedition.

Liebes Tagebuch, heute war Krisensitzung. Wir sind alle drei der Meinung, dass die Expedition in dieses entfernte Planetensystem ein absoluter Schlag ins Wasser war. Apropos Wasser: Sol 3 ist zu zwei Dritteln überschwemmt davon. Lebensfeindliches, salziges Wasser, einfach nur abstossend. Bäh!!

Wir machen uns auf den Weg nach Hause, wir werden den Mobil-Funk wieder einmal reparieren.
Und wir werden vorher einen wunderbaren Forschungsbericht fälschen, ich meine anfertigen. Nicht zu euphorisch, damit bloß keiner auf die Idee kommt, unsere Ergebnisse vor Ort bestätigen zu wollen. Nicht zu negativ, damit man uns nicht mehr als notwendig den Kopf abreißt. Oh Mann, das Leben als Forscher ist echt anstrengend, das kann ich sagen.

Ein Fazit: There is no intelligent life down there. Nowhere in this system.

Was für eine Verschwendung von Planeten.
So Freunde, jetzt wird gepackt, und dann nichts wie weg in den Metaraum. Ich ertrag's nicht mehr.

Nachtrag von Quentin May:
Hier enden die Aufzeichnungen des Forschungsreisenden Janusz Tomaszeinski.
Vielleicht hätten die Völker auf dem Planeten Sol 3 ihr SETI-Programm mit Empfängern ausrüsten sollen, die etwas leistungsstärker sind als Sender ihrer globalen TV-Programme.
Wer weiß, wie die Geschichte ausgegangen wäre, wenn ihre Signale sich gegen die allgegenwärtigen Daily Soaps, Talkshows, Kochshows, Gameshows, Sportübertragungen, Wiederholungen von Daily Soaps, Wiederholungen von Talkshows, Wieder-

holungen von Kochshows, Wiederholungen von Gameshows und Sportübertragungen und was sonst noch so alles in den Äther geblasen wird, durchgesetzt hätten?

Nun ja, das wird wohl für immer Spekulation bleiben. Genauso wie auch die Definition von „Intelligent Life" Auslegungssache ist.

Freunde, der Text endet hier, ich mach erst mal den Fernseher an. Gleich kommt Eishockey, die Wiederholung des Spiels von gestern Abend...

Quentin May... kümmert sich

Ausstellung über das Glück...

Im Hygienemuseum Dresden ist ein Songtitel von Erdmöbel auf deren Album „Krokus". Ich war vor einigen Jahren im selben Monat in Dresden wie die Band, aber leider in einer anderen Woche. Das wäre ja auch zu schön gewesen: Ein Konzert einer meiner Lieblingsbands während eines Städteurlaubs weit auswärts. Darüber hinaus muss ich leider zugeben, dass ich es nicht geschafft hatte, das erwähnte Hygienemuseum zu besuchen. Es ist ja auch nahezu unmöglich, in einer Stadt wie Dresden alles in einer Woche anzusehen: Zwinger, Grünes Gewölbe, Gemäldegalerien, Frauenkirche, Semperoper als Pflicht, Gartenstadt Hellerau, Elbschlösser, Blaues Wunder als Kür und Eissporthalle oder Dresdner Heide als Sonderwünsche. Aber so wie das Hygienemuseum die Band Erdmöbel zu einem tollen Song inspiriert haben mag, ging es mir im Völkerkundemuseum Dresden. Mir gingen rudimentäre Ansätze zu einem Gedicht mit dem Titel „Ausstellung über die Steinzeit... im Völkerkundemuseum Dresden" duch den Sinn. Aber nein, das wäre zu billig abgekupfert... Obwohl, das Versmaß des Titels hat was und stolpert wie ein Radklassiker über das Kopfsteinpflaster im Frühjahr in Flandern.

Was ich eigentlich sagen will: Es ist erstaunlich, dass von ca. 8.000 Jahren Menschheitsgeschichte so wenig Gegenstände erhalten sind. Selbst aus den letzten achtzig Jahren ist nicht übertrieben viel übrig. Auf unserem Planeten haben x Milliarden Menschen gelebt, sind von hier nach da gelaufen, dann wieder zurück, dann wieder los, ich weiß auch nicht wohin.

Im größten Teil der Zeit haben die meisten alles, was sie brauchten, überall, wo sie es brauchten, selbst hergestellt. Supermärkte und Kaufhäuser gab es ja fast nie. Und da wir das alles, was unsere Vorfahren produziert haben, nicht in unseren Schränken finden, stellt sich die Frage: Wo sind sie alle, die Scherbenhaufen der Geschichte? Die paar Reste in unseren Museen können ja nicht alles sein. Vermodert, verrottet, verloren? Nichts geht verloren, es ist nur woanders oder ganz woanders.

Vielleicht ist diese Fragestellung aus der heutigen Sicht nicht ganz richtig. Ich habe im besagten Museum die interessante Ausstellung „Funde, die es nicht geben dürfte." gesehen. Mich hat ein bestimmter steinzeitlicher Tontopf am meisten beeindruckt. Er wurde mit Pech und Birkenrinde wieder geflickt, nachdem er beschädigt worden war. Später wurde er nochmals mit Hilfe von Pech mit einem neuen Muster überzogen, um das scheinbar unmodern gewordene alte Muster schnell unter die Decke des Vergessens zu schummeln. Und in diesen beiden Aktionen scheint eine Erklärung zu liegen. Schauen Sie doch bitte einmal zu Hause in Ihre Küchenschränke. Welche Gegenstände dort sind, nun ja… alt? Sammlungen natürlich ausgenommen. Hier geht es nur um Gebrauchsgegenstände! Bei uns sind ja schon von den Eltern übernommene Küchengeräte bemerkenswert. Haben Sie noch Sachen im Schrank, die zwei oder drei Stilepochen alt sind? Und benutzen Sie die auch oder starren Sie sie nur manchmal an? Falls Sie sie immer noch regelmäßig verwenden: Willkommen im Kreis der Zeitlosen!

Sehen wir uns mal diesen Tontopf genauer an. Wahrscheinlich wurde er vor der Beschädigung bereits mehrere Jahrzehnte oder vielleicht sogar Jahrhunderte genutzt. Dann kam der Moment, als er von einem unglücklichen Tölpel unbeabsichtigt vom Herdrand gestoßen wurde. Im kompletten Steinzeithaus breitete sich augenblicklich eisige Stille aus.

Jemand... hat... einen... Topf... kaputt... gemacht...

Zum Glück nicht in viele Scherben. Das kann man vielleicht reparieren, mit ein wenig Pech und Birkenrinde, gib mal her. Ummgkko kriegt das wieder hin. Hat er dann nach einigem Gefummel auch. Und Ummgkkos Urenkel Arrrgko hat der alten Schale dann fünfzig Jahre später noch ein neues Outfit verpasst. Das kommt davon, wenn man die jungen Leute zuviel mit den Schnur-Keramikern rumlungern lässt. Keinen Sinn mehr für steinalte Traditionen. Ganz egal, der Topf funktioniert, er hält das Wasser in sich und das ist das wichtigste. So wurde der Topf noch viele Jahrhunderte weiter genutzt. Warum? Weil er eine Funktion hatte und diese tadellos erfüllte. Einen neuen? Nee, warum?

Bitte verstehen Sie mich nicht falsch. Natürlich sollte man keine barocken Porzellanvasen mit Gips bestreichen um sie dann mit supercoolöden 70er-Retromustern in orange und braun zu versehen.
Aber bekommt unsere Wegwerfgesellschaft aus diesem Blickwinkel nicht einen neuen Geschmack?

Werfen wir mit den nicht mehr ganz so neuen Mustern und Moden nicht auch permanent einen Teil von uns selbst weg? Muss es wirklich alle sechs Monate ein neues Handy und alle drei Jahre ein neues Auto sein, obwohl beide noch tadellos funktionieren? Was ist der Grund dafür? Nur weil immer jeder Nachbar/Arbeitskollege/Freund auch schon das/der/die neueste... (den Gegenstand bitte nach Belieben einsetzen) hat?

Andererseits sieht man am oben genannten Beispiel, dass auch der Steinzeitmensch gerne mal hin und wieder neue Muster und Motive sah. Jedoch macht auch hier der Ton die Musik und wurde darüber hinaus nur sehr begrenzt für neue Krüge verwendet.

Wenn man feststellt, dass die Modezyklen im Laufe der Zeit von *ein paar Jahrhunderten* bei den Stone Age-Veteranen zu *alle paar Monate* heutzutage ziemlich komprimiert wurden, kann man sich schon fragen: Wo soll das alles noch hinführen? Führt das überhaupt irgendwo hin oder dreht sich alles nur noch um sich selbst? Der Konsumgüterindustrie, die immer mehr von immer mehr Produkten verkaufen möchte, gefallen solche Fragen wohl eher weniger. Sie lebt ja davon, dass man morgen davon angeekelt ist, was man heute noch superspitzenklasse findet.

Aber nur Mut, unser Kopf dient nicht nur dem Zweck, möglichst viele unterschiedliche Mützen und Frisuren zu tragen. Nutzen Sie die Funktionen, die unterhalb der Schädeldecke auf Beschäftigung warten und fallen Sie nicht auf jede Modewelle rein, die lautstark aus Fernsehern, von Plakaten oder von sonst wo verkündet wird.

Als Zusammenfassung noch ein Zitat, ich weiß leider nicht mehr, wo ich es zuerst gelesen habe: „Nur tote Fische schwimmen permanent mit dem Strom."

Beratung ist immer all-in

Man meckert ja oft über die Servicewüste Deutschland. Keine Beratung, keine Verkäufer, kein Garnichtsundniemand und so weiter. Wenn man mal eine Frage hat, ist der Laden leer wie ein abgetautes Eisstadion. Und wenn dann doch ein Regaleinräumer in Corp-Ident-Kleidung vor den Regalen kniet, dann wünscht man sich hinterher, man hätte ihm oder ihr vielleicht keine Frage gestellt.

Aber ist es das wirklich immer so? Können sich Unternehmen heutzutage im immer enger werdenden Wettbewerb tatsächlich leisten, Ihre Kunden unbefriedigt durch die Läden, Shops und Megamärkte taumeln zu lassen? Ist die Servicewüste nicht eher eine dieser modernen Legenden, wie die Spinne in der Yuccapalme oder das Huhn mit dem Gipsbein? Die Meinungen dazu sind durchaus geteilt.

Neulich war ich zum Beispiel in einem Büroartikelladen und suchte so nach und nach die Sachen zusammen, die ich gebraucht hatte. Man fragt ja nicht gern.
Dabei konnte ich ein kurzes, sehr interessantes Gespräch aus dem Nachbargang anhören.
Ich sah, dass es zwischen einem älteren Herrn mit grauen halblangen Locken in Trachtenjacke (im Ruhrgebiet!) und einer jungen, leicht übergewichtigen Verkäuferin mit schwarz gefärbten Haaren und einer Menge Buntmetall in den Ohren und im Gesicht geführt wurde.

Älterer Herr in Trachtenjacke:
Entschuldigung, ich hab nur eine Frage…

Junge, leicht übergewichtige Verkäuferin:
(etwas keuchend, sie hatte gerade Kugelschreiber im untersten Regalfach eingeräumt) Ja, was denn?

Älterer Herr in Trachtenjacke:
(will eigentlich gar nicht stören) Ich will Sie ja nicht stören, aber mit diesen ganzen neuen Druckern, die Sie jetzt haben….

Junge, leicht übergewichtige Verkäuferin:
(sich aufrichtend, wobei Ihre Pfunde der Schwerkraft gehorchend traurig wieder in ihre geplanten Positionen hinunterrutschen) Ja?

Älterer Herr in Trachtenjacke:
(irritiert von genau diesem Effekt) Also, haben sie dann noch die Tinte? Also, auch die für die älteren Drucker?

Junge, leicht übergewichtige Verkäuferin:
(jetzt in sich ruhend wie ein 400jähriger Buddha) Ja, kommt drauf an, wieviel älter Ihr Drucker ist, ne?

Älterer Herr in Trachtenjacke:
(weiß gar nicht, wo er zuerst weggucken soll)
Äh, richtig. Ich meine nur, kann ich bei den ganzen neuen Druckern meinen alten eigentlich behalten?

Junge, leicht übergewichtige Verkäuferin:
Ja, klar können Sie den behalten. Aber ob Sie den noch lange benutzen können, das weiß ich jetzt auch nicht.

Das ist doch mal eine einmalige Aussage, oder?

Der ältere Herr in der Trachtenjacke hat den Laden mit einem Gesicht verlassen, das eine interessante Mischung aus Irritation und noch mehr Irritation zeigte. Kann man keinem vermitteln. Muss man gesehen haben. Glaubt einem sonst keiner. Wahrscheinlich kommt das Erwachen erst zu Hause, wenn er das ganze seiner Frau erzählt und sie kopfschüttelnd erwidert: „Echt mal. Ich glaub's ja nicht. Und wo sind jetzt die Tintenpatronen?"

Menschen, Helden, Superhelden

Wie kann es sein, dass viele Helden in Science Fiction- und anderen Actionfilmen immer, aber auch wirklich *immer* aussehen wie aus dem Ei gepellt?

Die lungern den ganzen Film über in irgendwelchen Slums herum, in trockenen und staubigen Wüstengegenden, in elenden Stadtvierteln, auf rotglühenden Planeten und trotzdem bei 45 Grad im Schatten, obwohl keine Bäume und nichts, was Schatten spendet: Der schwarze Ledermantel glänzt, als ob er gerade aus dem Schrank geholt wurde. Die Sonnenbrille hat keinen Kratzer, die Frisur sitzt, oder ist auf genau 0 mm runterrasiert und wächst ums Verrecken nicht nach. Wo gehen die denn alle zum Frisör?

Und ausserdem: Wann gehen die mal auf's Klo? Und vor allem: Wo?

Warum gibt es in Science Fiction-Filmen keine Toiletten, Badezimmer, Küchen und andere Räume in denen wir Erdenmenschen soviel Zeit verbringen?

Kein Held kocht, kaum einer isst etwas, aber alle sind überaus gepflegt und wohlgenährt.

Hat bei Star Wars mal jemand die Todesstern-Kantine gesehen?

Kann man sich vorstellen, dass Darth Vader sich mittags an der Kantinentheke anstellt, ein Tablett in der Hand, zwischen seinen geklonten weißen Soldaten?

Vielleicht hält er ein Pläuschchen mit ihnen.

„Na Leute, wie läuft's auf der Todesstern-Baustelle? Heute schon wen umgebracht?"

„Ah, Herr Vader. Ja nee, alles im Griff. Wir haben ein paar Eindringlinge aufgestöbert. Die haben wir gleich in den Weltraum rausgeworfen. Mann, sind die geplatzt im Vakuum! Ha ha ha."

„Ha ha. Jungs, Ihr habt's ja drauf. He, ich zähl auf Euch, damit endlich mal die verdammten Ewoks…"

Und so weiter, und so weiter, und so weiter.

Kantinen-Bla Bla wie in einer Stadtverwaltung oder einem grossen Versicherungskonzern oder in was weiß ich wo. Gibt es das?

Wahrscheinlich werden wir es nie erfahren.

Ich kann mir auch nicht vorstellen, dass auf dem Todesstern wirklich alle den lieben langen Tag ernsthaft und konzentriert und absolut pathetisch sind, wie es uns George Lucas weismachen will.

Da gibt es bestimmt auch Bars, Kneipen, Discos und andere Amüsiermöglichkeiten. Alles außer Paintball wahrscheinlich… Hübsche Mädchen habe ich bis jetzt auf dem Todesstern auch nicht gesehen und wo die wilden Parties stattfinden, kann man nur vermuten.

Mr. Lucas, tear down this wall! Warum enthalten Sie uns das Menschliche oder meinetwegen auch das Außermenschliche vor? Haben Sie die ganzen Szenen zwar gedreht, dann aber rausgeschnitten und tief unten in Ihrem Privatarchiv vergraben?

Wahrscheinlich werden wir es nie erfahren.

Es gibt dann aber auch das genaue Gegenteil: Bruce Willis schafft es zum Beispiel, sich in einem simplen Hochhaus noch vor der ersten Werbeunterbrechung derart einzusauen, wie es unsereins noch nicht einmal bei einem dreitägigen Rockfestival irgendwo auf dem

Feld inklusive Zeltlagerübernachtung ohne Waschmöglichkeit hinbekommt.

Möchte mal wissen, wie es bei dem zu Hause aussieht! Kann sich ein Mr. Willis in einer ordentlichen Villa, in der die treue mexikanische Haushälterin mal wieder alles aufgeräumt hat, morgens überhaupt zurecht finden? Oder zieht er sich lieber sein Stirb-Langsam-Eins-bis-Drei-Unterhemd an und robbt erst einmal durch den vom Regen völlig aufgeweichten Garten? Die alte Schweinebacke.

Wahrscheinlich werden wir es nie erfahren.

Wahrscheinlich werden wir auch die folgenden menschlichen Alltäglichkeiten unserer Superhelden nie erfahren:

Rambo früh morgens ohne Stirnband, am Küchentisch mit einer Kaffeetasse, auf der „Make Peace, not War" steht.

Der Terminator in rostiger Rüstung, bevor er für den Einsatz auf Hochglanz poliert wird.

MacGyver, der an der Reparatur seines Rasenmähers trotz eines neuen 128-teiligen Schraubschlüsselsets verzweifelt.

Die Men in Black, wie sie sich morgens in quietschbunten Micky Mouse-Schlafanzügen aus der Snoopy-Bettwäsche wälzen, mit Pamela Anderson- und Angelina Jolie-Postern über ihren Betten.

Kommunikation im Kino zwischen den Superhelden oben auf der Leinwand und uns staunenden Menschen unten im dunklen Saal ist eher eine Einbahnstraße. Die Helden agieren und wir schauen stumm zu.

Die Superhelden-Gewerkschaft hat sicherlich verboten, dass allzu Persönliches von deren Mitgliedern preisgegeben wird. Und wir können den Leinwandhelden ja nicht entgegenschreien: „He Blade, ich möchte wissen, wie es bei Dir zu Hause im Hobbykeller aussieht! Spielst Du mit Deiner elektrischen Eisenbahn nach dem Vampireschlachten?"
Wir könnten es schreien, aber das bringt zum einen nichts und zum anderen verärgert es nur unsere Sitznachbarn.

Eine verfahrene, ausweglose Situation. Wir möchten mehr Menschliches von Euch Helden sehen!
Aber wahrscheinlich werden DIE das nie erfahren.

Von Ratgebern und Ratnehmern

Es kann nicht nur mir auffallen, dass seit längerer Zeit eine sintflutartige Welle der Ratgeberliteratur mit immer höherem Scheitelpunkt an den Strand unseres Lebens schwappt. Wohl denen, die einen Damm ihr Eigen nennen, der hoch genug ist, um das mühsam trockengelegte Egoland vor dieser Welle zu schützen. Wenn man mal einen Moment aus dem Hamsterrad aussteigt, das wir unseren Alltag nennen, um die Lage des eigenen Ichs im großen Spiel des Lebens zu betrachten, wird man feststellen, dass die meisten von uns ein handtuchgroßes Territorium, das knapp unter dem Meeresspiegel liegt, gegen die raue See der äußeren Einflüsse verteidigen müssen. Lichtgestalten und Leuchttürme mal ausgenommen. Aber die sind selten geworden.

Um ein Missverständnis gar nicht erst aufkommen zu lassen. Es gibt eine Menge Ratgeber, die Sinnvolles enthalten. Das sind aber nicht die Bücher, die im Buchladen im „Besser Leben – Geschickt Einander Anöden"-Regal beworben werden.

Doch doch, es gibt sie immer noch, die wirklich sinnvollen Ratgeber. Ich habe mein eigenes Bücherregal durchgesehen und dort einige gefunden. Sie stammen aus unterschiedlichsten Bereichen, so bunt gemischt wie das Leben, wenn man uns einfach leben lassen würde.
Klassiker für Autoschrauber sind die „Jetzt helfe ich mir selbst"-Bücher. Wie viele gibt es mittlerweile? Würde mich nicht wundern, wenn die 300er-Grenze erreicht oder überschritten ist. Wirklich ein Klassiker.

Und warum? Weil die Reihe Ratschläge zu ganz konkreten Fragen gibt.
Motorwechsel beim VW Käfer?
Schauen Sie in „Jetzt helfe ich mir selbst".
Die Stoßdämpfer an Deinem 02er BMW sind hin?
Schauen Sie in „Jetzt helfe ich mir selbst".
Getriebeschaden beim Strich 8?
Schauen Sie in „Jetzt helfe ich mir selbst".

Es gibt zum Glück doch noch sehr viele andere Ratgeber, die wir offen oder versteckt aufbewahren können und die uns wirklich geholfen haben. Allen ist gemein, dass sie ein eng eingegrenztes Spezialgebiet behandeln und nur hierzu ihr Wissen kundtun. Man kann zum Beispiel Ratgeber über Curling, Badminton, alle Martinis dieser Welt, finnische Grammatik oder die Rennrad-Werkstatt zu dieser Kategorie zählen. Diese und alle anderen Bücher, die ähnliche Spezialgebiete ausleuchten, haben meinen Segen. Sie geben konkrete Antworten auf sehr spezielle Fragen und würden niemals auf die Idee kommen, allgemeingültiges in die Welt zu setzen.

Und genau hier senkt sich die Demarkationslinie, in ihrer Wirkung der chinesischen Mauer recht ähnlich, zwischen die guten und die bösen Ratgeber. Zwischen die sinnvollen und die sinnfreien. Wir sollten das Thema vielleicht aus der Sicht des Ratnehmers betrachten.
Wenn ich als potenzieller Ratnehmer einen speziellen Rat zu einem sehr individuellen Thema suche, dann kann mir das zwischen zwei Buchdeckel gebundene Wissen eines echten Experten auf genau diesem Gebiet über die Ziellinie helfen.

Ganz einfach: Ich Problem, Sie Lösung und Sie zum Glück Buch geschrieben. Alle sind glücklich, der Oldtimer läuft wieder rund, es gibt ein Grillfest, alle feiern und am nächsten Morgen hat uns die Alltagswelt wieder. Der Arbeitskollege interessiert sich nicht ernsthaft für unsere VW Käfer-Probleme, im günstigsten Fall heuchelt er schlecht gespieltes Interesse. Juckt uns das? Nö, wir haben unser kleines Projekt mit etwas Hilfe von außerhalb gelöst. Das sind die guten Ratgeber, die funktionieren.

Und hier kommen die bösen. Während es einen Grundbestand an Spezialratgebern gibt, von denen wir den einen oder anderen wirklich brauchen und dann kaufen, gibt es Horden von unglaublich unspeziellen Möchtegern-Büchern, die sich eigentlich schon im Moment des Drucks in zukünftiges Altpapier verwandeln. Hand aufs Herz. Sind wir so verzweifelt, dass wir die „101 Wege zur perfekten Figur" bis zum Ende gehen wollen? Glauben wir ernsthaft, wir hätten einen Vorsprung, weil wir die „55 genialen Antworten auf die Standardfragen der Personaler" gelesen haben und glauben, die Personaler würden sie nicht kennen? Brauchen wir die „22 perfekten Tricks, um die Angebetete/ den Angebeteten schon beim ersten Date rumzukriegen"? Und wenn die/ der Angebetete dieses Buch für 2,99 € in der großen Buchhandelsfiliale auch gekauft und tatsächlich gelesen hat, was dann? Gibt es eigentlich Ratgeber für Situationen, in denen der gekaufte universelle Ratgeber zu versagen droht?

Das funktioniert so nicht, konnte es nie, kann es nicht, wird es nie können.

Gleiches gilt für „585 Antworten auf die wichtigsten Sinnfragen des Lebens" oder „20 Tipps zum Modelgewicht mit ganz wenig Quälen" oder "Perfekter Smalltalk und man wird Ihre Füße küssen" oder „Leeres Geschwätz, volle Brieftasche. Wie Managing mein Leben verändert".

Bedenken Sie die Tragweite der Erwartungshaltung des Ratnehmers. Sie kaufen Spezialliteratur wenn Sie ein Spezialproblem haben. Sie kaufen die zuletzt genannten Werke… Ja, wer kauft die eigentlich?

Wer verinnerlicht in sich eine solche Verzweiflung, dass er oder sie meint, derart nichtssagende, weil alles heilenwollende Werke können ihn oder sie dem Gral des Lebens näher bringen ? „Perfekt" ist das Wort, das einen wie ein Grashüpfer von vielen Buchtiteln anspringt. Wollen Sie, liebe Ratnehmer, alle perfekt sein? Das kann es doch nicht sein, das kann keiner glauben. Wir können doch nicht den Lemmingen gleich den immer gleichen Trendsettern und Ratgebern kritiklos hinterherhecheln. Zum einen erreichen wir das Ziel sowieso nie, zum anderen erwächst doch unsere Individualität aus den kleinen Sprüngen im Mosaikfenster unserer Persönlichkeit.

Wann und wo sind denn so viele von uns falsch abgebogen, dass sie jetzt durch den massenhysterischen Kauf dieser No Use-Werke nach dem Weg fragen? Doch, doch, sie tun es. Die Verkaufszahlen dieser Werke lassen Verlagsmanager lächeln und mich milde verzweifeln. Dass Menschen überhaupt so vernagelt sind, nicht durch den Gebrauch des eigenen, möglicherweise sogar gesunden, Verstands eigene Lösungen für allgemeinste Fragen zu finden, die für die eigene Situation so viel besser passen als das, was irgendein Autor jemals zu Papier gelassen hat, stimmt nachdenklich. Das ist wohl das Motto unserer Zeit, dass wie lieber denken lassen statt selber zu denken.

An alle Ratnehmer: Lassen Sie das. Zu vielen Problemen kennen Sie die Lösung bereits oder jemanden, der sie kennt, ehrlich! Denken Sie mal nach. Und für den Rest: Reden Sie! Reden Sie mit Ihren Verwandten, mit Ihren Freunden. Nein, mit den echten, nicht mit denen bei Facebook. Das sind keine. Reden Sie, tauschen Sie sich aus. Sie werden ihm Handumdrehen Antworten von Ihnen sehr nahestehenden Menschen erhalten, die Sie beraten können, weil sie Sie kennen und schätzen! Dem Autor XY sind Sie alle so egal wie ein einzelnes Sandkorn es dem Sandsturm in der Wüste ist.

Zum Abschluss noch die Essenz der Ratgeberei, eingekocht, reduziert und gut abgeschmeckt. Ein Zitat, wie man es selten trifft, leider habe ich keinen Urheber ermitteln können:

„Es gibt zwei Gesetze für Erfolg im Leben:
1. Erzähle nicht jedem, was Du weißt."

Reflektierten Sie in einem ruhigen Moment darüber und leiten Sie den Rest für sich selbst irgendwo her. Viel Spaß, es lohnt sich!!

Warum Du Marathon läufst

Hier sind drei Erklärungsversuche für dieses wirklich wichtige Thema.

1. Der elegant-philosophische Ansatz.
Der ist schneller erzählt, als ein Läufer für die Stadionrunde braucht. Die Vorlage hierzu stammt von George Mallory, verschollen am Mount Everest. Er beantwortete die Frage, warum er denn unbedingt den höchsten Berg bezwingen wolle, mit: „Weil er da ist!" Und warum musst Du also unbedingt Marathon laufen? „Weil man's kann!"

2. Der persönlich-historische Ansatz
Wie kommt man dazu, mit dem Marathonlaufen anzufangen? Manchmal geschieht das wohl aus einer Mischung eines Zufalls, einer dummen Bemerkung und einem daraus resultierenden Aus-der-Nummer-jetzt-nicht-mehr-raus-kommen.
Per Zufall erzählte Dir ein Arbeitskollege, dass er jetzt schon soundso lange dafür trainiere, zwei- bis dreimal 10 km pro Woche laufe, dass das alles einen Riesenspaß mache, man fühle sich so toll nach dem Laufen usw.
Die dumme Bemerkung „Marathon? Kann ich auch. Wann ist der denn?" hattest Du schneller ausgesprochen als man einen Stein aus der Hand zu Boden fallen lassen kann.
Und zack: Schon war die erste gemeinsame Trainingsrunde abgemacht: „Sonntag früh am See, 10 Uhr, sei pünktlich!"
Und aus der Nummer bist Du dann nicht mehr herausgekommen. Und warum? Weil das bei allen

Schmerzen beim Training, beim winterlichen Laufen im Schneetreiben, beim sommerlichen Laufen, wenn die Sonne das Hirn leicht anröstet, nämlich genau so ist: Es macht einen Riesenspaß!

3. Der motivatorische Ansatz:
Irgendwann hattest Du vier Marathons absolviert. Dann stand der fünfte auf dem Kalender. Und ich verrate Dir jetzt den wahren Grund, warum Du sechs Monate vor dem Start wieder mit der Trainingsquälerei angefangen hast: 4:00:00.
Diese Zeit ist eine Grenze, die den Hobbyläufer zum zufriedenen Hobbyläufer macht: Denn seit der Zielankunft vom Jahr davor (nach 4:01:25 Stunden) hast Du immer wieder dieses Motivationsmantra gehört: Ich muss die vier Stunden schaffen, ich muss die verdammten vier Stunden schaffen, ich muss die... und so weiter und so weiter.

Und? Bist Du jetzt zufrieden?

Gedanken z. Thema Abk., Teil 1

Es gibt Abkürzungen, die ihren Sinn haben und die jeder versteht. Fast jeder, versteht sich. Es ist einfacher von DNA zu reden als von Desoxyribonukleinsäure. Außer man meint Douglas Adams, den Schriftsteller. Wer jetzt sagt: Da ist aber kaum ein „N" in Douglas Adams, dem sei erwidert: Das „N" stammt von Noël, seinem zweiten Vornamen. Und dabei ist er noch nicht einmal zu Weihnachten geboren. Noch eine Anekdote? Beide DNAs haben ihren Ursprung in Cambridge. *DNAdams* wurde dort geboren, die *DNAcid* wurde dort entschlüsselt. Fast zur gleichen Zeit, wobei Adams mit seiner Geburt sozusagen Kopf und Nase knapp vorne hatte.

Und ja, es ist auch richtig, dass das „A" in DNA von –acid stammt und nicht von der –säure. Ich habe ja schließlich Bio-LK gehabt.

Und da sind wir dann direkt bei: Außerdem gibt es Verkürzungen, die eher als Wortverstückelungen daher kommen. Bio-LK zum Beispiel. Haben wir keine Zeit für „Biologie Leistungskurs"?
Wo bleibt bei Reli die –gion?
Beim Navi das –gationsgerät?
Beim Handy das… Ja, was eigentlich?
Oder bei der Disco die –thek?

Die kurze –thek wird bei diesem Wort gerne abgeschnitten, die längere –theke bei der Apotheke aber nicht. Dabei wäre hier eine Verkürzung doch genauso lohnenswert. Man könnte glatt einen Buchstaben mehr einsparen. Vielleicht stehen wir aber zu gerne an der Theke, so dass wir diese Buchstabenkombination auch unterbewusst bei anderen Worten sehen möchten.

Wursttheke zum Beispiel. Hier bliebe dann nur die Wurst an sich übrig, wenn man sie von der –theke befreien würde. Zwischen „Ich gehe in die Disko." und „Ich gehe in die Diskothek." gibt es hingegen kaum einen sinngemäßen Unterschied.

Wenn man im Supermarkt aber statt „Stellst Du Dich bitte schon mal an der Wursttheke an?" sagt: „Stellst Du Dich bitte schon mal an der Wurst an?", dann kann man sich das ruhig auf der Zunge zergehen lassen. Welche Wurst denn jetzt? Die in der Frischetheke oder die im Kühlregal? Oder die, die ganz ungeniert und geräuchert irgendwo im Supermarkt herumhängen darf? Auch wenn bei der letzten Variante das Anstellen vielleicht ein wenig seltsam aussieht. Und dass mir jetzt keiner mit Zungenwurst kommt. Okay, manche sagen das so, das mit dem Anstellen. „Zungenwurst" sagen sie auch manchmal, wenn sie dann dran sind. Vor allem, wenn sie an der Theke anstehen, an der Wursttheke. Oder an der Wurst halt.

Ich kannte mal jemanden, der in den Semesterferien in einer Fleischfabrik ausgeholfen hat. Je nach Produktionsschiene hieß es dann zum Beispiel: „Ich bin heute in der Sülze." Und wenn man bei Schichtbeginn auf eine entsprechende Frage die Antwort: „Ich glaube, der ist schon in der Sülze." erhalten hat, dann lohnte ein kurzer Gedanke zur Vergewisserung, ob der

Gegenüber ein rechtschaffender Fleischproduktionshelfer war oder ein verkappter Mafiaangehöriger. Man weiß ja nie…

Wo hat das alles angefangen? Eine Ahnung bekommt man vielleicht bei den Römern. Dass die ihre Zahlworte (ich langweile jetzt nicht mit Original-Latein) mit einzelnen Buchstaben darstellten, war schon gescheit, oder? "V", „X", „L" usw. (schon wieder eine Abk.). Aber irgendwann führt das statt zu Wortungeheuern zu Abkürzungsmonstern: MCMLXXXIV für 1984 zum Beispiel. Und wer das unbedingt mit CCLXXIII (273) multiplizieren muss… Tja, viel Spaß! Doch das half damals nicht nur bei Zahlen und Ziffern. Auf den Bannern war es einfach praktischer nur „SPQR" zu schreiben, statt Senatus Popolusque Romanus (Senat und Volk von Rom). Voll ausgeschrieben bräuchte man drei Träger, um das auch nur einmal vor der Armee herzutragen und dahinter könnte die halbe Reiterei verschwinden.

Und wo steckt jetzt die Wahrheit? Vielleicht halten wir einfach mal einen Moment inne, bevor wir zum Beispiel wieder jemanden nach seinem Perso statt nach seinem Personalausweis fragen. Soviel Zeit möchte einfach sein und unsere schöne Sprache klingt dann nicht wie zentrifugiert und wieder ausgegossen.

MfG
QM

omnes, e 1. aller, meist pl. ...

Was wäre gewesen, wenn Wilhelm Conrad Röntgen einen anderen Namen gehabt hätte?

Es ist ein schöner Zufall, dass sein Nachname auch als Infinitivform eines deutschsprachigen Verbs verwendet werden kann. Würden zum Beispiel Schimanski-Strahlen ähnlich klingen wie Röntgen-Strahlen? Ich kann mir die folgende Durchsage aus Krankenhauslautsprechern jedenfalls nicht vorstellen: „Herr XY bitte zum Schimanski-Raum." Und das hat nichts mit dem gleichnamigen ehemaligen Tatort-Kommissar zu tun.

Im alltäglichen Sprachgebrauch haben sich so viele Begriffe eingeschlichen, dass uns deren tatsächlicher Ursprung überhaupt nicht mehr auffällt.

Gibt's doch gar nicht? Gibt's ja doch.

Nur ein Beispiel: „Ich habe heute den Bus genommen." Klingt ganz normal, aber was genau ist ein Bus? Ich meine jetzt nicht das große Gefährt, in das immer zu viele andere Menschen einsteigen. Sondern den Begriff an sich. Wo kommt das her? Schon vergessen, dass "Bus" nur die letzten Buchstaben des Wortes "Omnibus" sind?

Mit dem fuhren wir in den 70ern und 80ern relativ cool zur Schule und machten uns keinen Kopp, dass „omnibus" lateinisch ist...
(Sie wissen schon: „omnes, e 1. aller, meist pl. ...“ undsoweiterundsoweiter. Sie können gerne im kleinen

Stowasser nachschlagen, habe ich auch gemacht. Meiner ist von 1971.)

... und somit einfach nur „für alle" heisst. Es ist doch toll, wie ein solches lateinisch-grammatikalisches Wortpartikel Eingang in die allertiefste Alltagssprache gefunden und sich komplett verselbständigt hat. Wenn ich über Begriffe wie Linienbus, Sonderbus, Reisebus oder Shuttlebus nachdenke, dann dreht sich der letzte Rest meines schullateinischen Grammatikzentrums nach sonstwo...

Bekomme ich eigentlich noch die Kurve zu dem Thema, das mir ursprünglich vorschwebte?
Egal. Jedenfalls sind wir früher mit dem Bus zur Schule gefahren. Hat ganz gut geklappt, jedenfalls meistens. Manchmal gab`s was aufs Maul von älteren Schülern, manchmal kam man nicht rein, weil der Bus schon pickepacke voll war. Aber wir haben daraus gelernt. Für's Leben und so.

Wenn ich heute sehe, wie Francis-Kevin und Mathilde-Joanna von ihrer Mutter die 800 Meter vom Reihenhaus zur Schule gefahren werden, frage ich mich: Was ist alles in der Zwischenzeit passiert?

Aber das fragt man besser nicht ihre Eltern. Denn die würden antworten: „Die Straße ist so unsicher geworden. Die vielen Psychos, die vor den Schulen entweder in dritter Reihe parken oder gnadenlos Gas geben und mit Highspeed davonrauschen. Und ich rede jetzt nur von den anderen Eltern..."

Wie wahr, denn andere Autofahrer wagen sich da ja morgens oder mittags gar nicht mehr hin. Stockcar-Challenge at Grundschule...

„Wenn jemand mein Kind überfährt, dann bin ich das selbst..." Nee, hat keiner so gesagt, aber als Fazit geht das durchaus mit. Postieren Sie sich mal eine gewisse Zeit lang morgens so gegen kurz vor Acht vor einer Schule Ihrer Wahl. Und danach tauschen wir nochmals Argumente aus. Und denken über andere Wortpartikel nach, die weniger gefährlich sind.

Der Goldankäufer von der Hattinger Straße

In den letzten Wochen habe ich aus der Straßenbahn heraus festgestellt, dass kaum einer von uns Grund hat, sich über Langeweile bei der Arbeit zu beschweren. Auch wenn Ihnen Ihre Arbeit noch so öde vorkommt, seien Sie sich bewusst, dass es wenigstens einen Menschen gibt, dessen Tagesablauf an Leere kaum noch zu übertreffen ist.

Jedes Mal, wenn ich in der 308/318 die Hattinger Straße herauf- oder herunterfahre, sehe ich ihn in seinem Geschäft. Das Ladenlokal ist diffus und kaum beleuchtet. Keine Vitrinen, Regale oder Tische versperren den Blick zu seinem Arbeitsplatz. Hinter seinem schlichten Schreibtisch sitzt er meist unbeweglich, oft eine Zeitung studierend. Manchmal sieht man ihn auch in seinen Computerbildschirm starren. Will er damit den Eindruck von Aktivität vermitteln? So ganz kann er mich damit allerdings nicht überzeugen.

Neben jeglicher üblicher Geschäftsausstattung fehlt in seinem Laden noch etwas ganz anderes, so oft ich auch daran vorbeifahre. Und das sind Kunden. Da ist nie jemand, nie. Ob ich mal eine Stunde auf der gegenüberliegenden Straßenseite warte, um zu sehen, ob nicht doch etwas passiert? Mal sehen. Fakt ist, dass dieser Mann in seinem Laden einsamer ist als Robinson Crusoe, bevor der damals auf seiner Insel Freitag getroffen hatte.

Es würde mich nicht wundern, wenn irgendwann der Schreibtisch samt Mann ebenfalls nicht mehr im leeren Laden ist und ein lustlos am PC zusammengestrickter Zettel an der Eingangstür auf die baldige Eröffnung eines weiteren Wettbüros hinweist.

Sollte Ihnen Ihre tägliche Arbeit langweilig und uninteressant vorkommen, dann sagen Sie sich: Mir geht es immer noch besser als dem Goldankäufer von der Hattinger Straße.

Epilog

Gestatten? Quentin May

In diesem Kapitel werde ich mich mit einer Behauptung beschäftigen, die mich persönlich trifft und betrifft: „Quentin May? Den gibt's doch gar nicht." Sind Sie das, der dies gerade gedacht hat? Sie haben Ihr Geld für ein reelles Buch auf einen ebenso reellen Ladentisch gelegt und trotzdem glauben Sie, dass es den Autor dieses Buchs nicht gibt? Bitte rufen Sie mich an. Bin gespannt, wie Sie aus diesem Widerspruch rauskommen. Ich könnte mir sogar vorstellen, Ihnen dann die Erklärung für eins meiner nächsten Bücher zu klauen. Mir kann ja nichts passieren, mich gibt's ja nicht…, sagen Sie.

Natürlich gibt's mich. Scribo, ergo sum. Ich schreibe, also bin ich. Aber wer bin ich genau?
Diese Frage ist bisher weitgehend absolut ungeklärt. Daher an dieser Stelle die echte und einzige Wahrheit über Quentin May. Zu diesem Zweck veröffentliche ich hier vorab ein Interview mit dem kompletten unveränderten Wortlaut, dass Malcolm Hühnerpuster, Reporter in Diensten des Magazins LinV (Literatur im neuen Vormat), mit mir, Quentin May, und T. (meinem Schöpfer) geführt hat. Herr Hühnerpuster musste unter Androhung rohester körperlicher und geistiger Gewalt in unserem Keller (z.B. zwangsweises Anschauen aller Germany's next Topmodel-Folgen) versprechen, dass er unseren Wohnort nicht veröffentlicht. Wir einigten uns auf die Verwendung der Formulierung, dass Quentin May im Ruhrgebiet wohne, in einer Stadt, über die man singt, sie mache

„mit dem Doppelpass jeden Gegner nass." Das sollte als Hinweis genügen.

Hier nun das ungekürzte und natürlich absolut wahre Interview, so wie ich es mir ausgedacht habe.

Hühnerpuster:
Quentin... Ich darf Sie doch Quentin nennen, oder?

May:
Aber natürlich.

Hühnerpuster:
Also Quentin. Erst einmal vielen Dank für den Gesprächstermin heute und dass Sie mich so schnell wieder aus dem Keller rausgelassen haben.

May:
Gern geschehen. Von welchem Magazin sind Sie?

Hühnerpuster:
Von LinV, Literatur im neuen Vormat, vielleicht haben Sie...

May:
Nie gehört. T., kennst Du die Vögel?

T.:
Nee, Du weißt doch, das ist Deine Welt, nicht meine.

Hühnerpuster:
Das Magazin wird von der deutsch-amerikanischen Stiftung „Schreiben Now – Writing Jetzt" herausgegeben.

May:
Ein bisschen verdreht seid Ihr schon alle, oder?

Hühnerpuster:
Ach, na ja. Es hilft, wenn man auch um die Ecke und zurück denken kann. Jetzt mal los, oder? Also, was unsere Leser brennend interessiert, sind Details aus Ihrer Vergangenheit. Sie sind wie ein Komet am Literaturhimmel erschienen. Und Kometen haben auch eine dunkle Heimat, aus der sie erscheinen und in die sie sich regelmäßig zurückziehen. Wo ist denn Ihre ursprüngliche Heimat?

May:
Ja, das war so. Aufgewachsen in den USA als Sohn deutscher Einwanderer, kehrte ich in deren hessische Heimat zum Militärdienst zurück. Stationiert war ich in Friedberg, aber ich konnte in Bad Nauheim…

Hühnerpuster:
Hm, ich weiß nicht. Ist das denn nicht ein ganz irrer Zufall? Die gleiche Geschichte wie die von Elvis Presley? Also, ich mein' ja nur…

T.:
Mann, hab ich Dir doch *gleich* gesagt.

May:
Hast Du mir *was* gesagt?

T.:
Dass wir uns `ne bessere Geschichte ausdenken müssen und nicht einfach irgendwas abkupfern.

Hühnerpuster:
Äh…

May:
Jetzt ist mal kurz Sendepause. Das Band da läuft doch nicht mit, oder?

Hühnerpuster:
Ach was, ach was! (Tut so, als ob er das Diktiergerät untersucht, sorgt aber dafür, dass es unauffällig weiterläuft.)

T.:
Es stimmt ja fast, nur die Details sind anders. Die hessischen Einwanderer sind Mays Großeltern, nicht seine Eltern. Sie wanderten nach Alberta, Kanada, aus, nicht in die USA. Quentin kam nicht zum Militärdienst nach Deutschland, sondern weil ihn die weite offene Prärie in Kanada extrem deprimierte. Das ganze Farmhaus war voller deutschsprachiger Bücher. Und seine Jugend war so langweilig, dass er freiwillig und autodidaktisch Deutsch lernte, um die ganzen Bücher zu lesen.

Hühnerpuster:
(Nach einem Stift in seiner Tasche suchend, den Schreibblock auf dem Tisch.)
Interessant, interessant. Und das stimmt jetzt?

May:
Ja, natürlich. Sehen wir aus wie Lügner oder Geschichtenerzähler?

Hühnerpuster:
Geschichtenerzähler? Als Literaturschaffender, ist man da nicht irgendwie immer ein Geschichtenerzähler?

May:
Mein lieber Gänsefänger…

Hühnerpuster:
Hühnerpuster!

May:
…Hühnerpuster. Ist das nicht ein wenig undankbar? Wir tischen Dir hier die absolut wahre Geschichte des Quentin May auf. Und was ernten wir dafür? Zweifel? Kann doch nicht sein! (Er spielt ein wenig mit den Germany's next Topmodel-Videos, die auf dem Tisch liegen.)

Hühnerpuster:
(Etwas nervös durchatmend) Also, was schreibe ich denn jetzt?

T.:
Na, die Wahrheit, nichts als die Wahrheit! Quentins frühe Kinderjahre und seine halbe Jugend liegen im mysteriösen Dunkel deutscher Kinderheime. Erst mit sechzehn Jahren wurde er sich seiner selbst bewusst und gab sich den Namen Quentin May. Seinen ursprünglichen Namen hatte er im gleichen Moment vergessen. Er hielt sich mit Gelegenheitsjobs in Osnabrück, Münster und Datteln über Wasser und bemerkte dabei, dass er die ganze Zeit düstere Gedichte vor sich hin brabbelte. Irgendwann schrieb er die auf,

die ihm am meisten auf die Nerven gingen. Und das wurde dann „Poems from Hell", sein erster überaus erfolgreicher Gedichtband.

Hühnerpuster:
(So leise wie möglich zu sich selbst) Die haben doch `ne Vollmacke. Alle beide, aber echt. (Und laut) Poems from Hell? Wann ist das denn erschienen? Ich kann mich gerade nicht erinnern...

May:
Ist ja auch nicht so wichtig. Denn in Wahrheit wurde ich auf einer relativ unbekannten Südseeinsel geboren. Mein Vater arbeitete in Tonga als Handballtrainer. Daher fühle ich mich trotz dieser extrem hellen Haut als Südseeinsulaner. Und ich habe den Hang, auch zu Hause Blumenkränze zu tragen.

Hühnerpuster:
Blumenkränze? Darf ich das schreiben und können wir vielleicht ein paar Fotos machen?

T.:
Fotos von May mit einem Blumenkranz? Hör mal, geht's noch? Das ist doch hier kein Erinnerungstreffen für den letzten Hawaii-Urlaub! Er ist ein Kind der Berge. Aufgewachsen auf einer Almhütte in Oberösterreich. Den Namen Quentin nahm er amerikanischen Touristen ab, den Nachnamen May gab es für lau von seinen Eltern, Alois und Edith May.

Hühnerpuster:
Sagt mal, Jungs. Wie wär's, wenn ich von all Euren Geschichten das Beste nehme und daraus was Neues bastele?

May:
Na, wenn's der Wahrheitsfindung dient...

T.:
Ach warum denn nicht? In Wahrheit...

Hühnerpuster:
Wahrheit? Ich kann's schon fast nicht mehr glauben...

T.:
In Wahrheit haben wir den Namen im Schauspielhaus aufgegabelt. Er lungerte dort gelangweilt herum, nachdem er aus einem Johnny Cash-Stück herausgefallen war. Wir brauchten ihn, wir nahmen ihn, er machte uns reich und glücklich.

Hühnerpuster:
Echt??

May:
Ja, ihn reich und mich glücklich.

Hühnerpuster:
(Nervös auf seine Armbanduhr blickend) Oh, schon so spät? Mist, ich muss weg. Noch Termine hier und da. Macht's Euch was aus, wenn ich Euch jetzt verlasse? Ich meine, ich hab' ja auch mehr Material als ich verarbeiten kann. Ciao dann...

(Er rafft seine Sachen zusammen, Diktiergerät, Schreibblock, Stift und eilt zur Haustür.)

May:
(Schaut T. an)

T.:
(Schaut May an)

May:
Sehen wir den noch mal?

T.:
Ach, was weiß denn ich? Weißt Du, was mich viel mehr verwundert?

May:
Hm, was denn?

T.:
Na, dass er Dich überhaupt gesehen hat. Dich gibt's doch gar nicht!

May:
(Versucht mit der Faust auf den Tisch zu schlagen. Merkt dann aber, dass er als Pseudonym und Phantasiefigur irgendwie körperlos ist.) Jetzt fang Du auch noch damit an! Irgendwann glaub' ich es selbst. (Sprach's, stand auf, diffundierte durch die Wand ins Nebenzimmer, merkte, dass ihn das leere Zimmer schrecklich anödete, diffundierte zurück und ver- kroch sich in T.'s Gehirn, wo er es sich bis heute gut gehen lässt.)

Standortbestimmung

Dann bleibt nur noch der Titel zu erklären. Wenn Sie sich selbst überzeugen wollen, dann schlagen Sie bitte das Buch zu, gehen in Tampere nach Hervanta (Sie wissen schon, wo die unterirdische Eishalle ist) und nehmen von dort den Bus F9 von onnibus.com (noch ein -bus, selbst in Finnland...) nach Jyväskylä.

Dort angekommen erwartet Sie eine nette Stadt am Ufer des Jyväsjärvi (järvi = See) mit 130.000 Einwohnern. Jyväskylä wurde 1837 vom russischen Zaren Nikolai I. gegründet und ist das Verwaltungs- und Kulturzentrum von Mittelfinnland.

Seit 1858 gibt es dort die erste finnischsprachige höhere Schule, weitere höhere Schulen und eine Universität mit besonderer Bedeutung in der Fachrichtung Architektur folgten. Manch einer mag jetzt fragen: „Ja und?"

Die Stadt ist ein nettes Gemisch aus Holzhäusern und modernen Steinbauten. Besonders ein Architekt sorgte durch seine Entwürfe für das charakteristische Gesicht der Stadt. Es handelt sich natürlich um Alvar Aalto, der in Jyväskylä seine Jugend verbracht hatte und hier 1923 sein erstes Architekturbüro eröffnete.

Die Liste seiner Werke ist lang. Alleine in Jyväskylä stammen folgende Entwürfe von ihm:

Das Verwaltungs- und Kulturzentrum, das Mittelfinnische Museum, Neubauten der Universität, das Alvar Aalto Museum (Wer hat schon die Gelegenheit, sein eigenes Museum zu bauen?), und ungefähr zwei Dutzend weitere Bauten in der Stadt und der umliegenden Region.

Dazu kommen zum Beispiel noch:
Die Finlandia-Halle in Helsinki, der Bebauungsplan für den Wiederaufbau der im zweiten Weltkrieg zerstörten Stadt Rovaniemi inklusive der Entwürfe für Stadthaus, Bibliothek und Lappia-Haus, das Aalto-Theater in Essen, das allerdings erst nach seinem Tod unter Mitwirkung seiner zweiten Frau Elissa Makiniemi gebaut wurde.

Noch so einiges mehr, was aber ein wenig vom Thema ablenken würde.

Und von Aaltos Arbeiten abgesehen? Da wären noch diverse Museen (Handwerksmuseum, Naturmuseum, Kunstmuseum), das Gartenzentrum Vaajakoski, der Freizeitpark Penkkula am Ufer des Jyväsjärvi, das naturwissenschaftliche Zentrum Kammi, der Eishockeyverein (natürlich!) JYP Jyväskylä, in dessen Eishalle auch Konzerte stattfinden, ein paar schöne Parks, die Skischanze (natürlich!) im Wintersportzentrum Laajavuori. Und das ganze eingebettet in die schöne mittelfinnische Landschaft.

Alles in allem ist Jyväskylä ein liebenswerter Ort, nicht zu groß und nicht zu klein und ein wenig abseits der hektischen Zentren Europas. Und wenn dieser Name auch so klingt wie aus einer nordischen Sage entsprungen, ist Jyväskylä auch nur eine Stadt, aber eine schöne!

Kiitoksia tarkkaavaisuudesta!

Inhalt

Vom Unterwegssein

Quentin May ... kümmert sich

Epilog

Quentin May bedankt sich für Unterstützung und Inspiration bei:

Alex Amsterdam, Ilmari Koski, Pedro Muniz, Diana Reinhold, Dieter Reinhold, Oliver Uschmann und Christina Witt, Teemu Salmi und allen, die aktiv oder passiv, bewusst oder unbewusst, zum Gelingen dieses Buches beigetragen haben.